Karl Wartenburg

Neue Propheten

Roman

Karl Wartenburg

Neue Propheten
Roman

ISBN/EAN: 9783743365360

Hergestellt in Europa, USA, Kanada, Australien, Japan

Cover: Foto ©Andreas Hilbeck / pixelio.de

Manufactured and distributed by brebook publishing software (www.brebook.com)

Karl Wartenburg

Neue Propheten

Neue Propheten.

Roman

von

Karl Wartenburg.

Zweite Ausgabe.

Erster Band.

Leipzig,

Fr. Wilh. Grunow.

1863.

Neue Propheten.

Erstes Kapitel.

Herodes und Diogenes.

Es dunkelte, der Nordwind stürmte, der Schnee knisterte unter den Fußtritten der Menschen, welche mit hurtigem Schritte heim zu dem warmen Ofen und dem hellen Lichtschimmer der Lampe eilten. Aber nicht Alle in der großen, volkreichen Hauptstadt haben eine warme mit freundlichem Lichtschimmer erfüllte Stube, in der sie sich behaglich und heimisch fühlen können, wenn es draußen große Flocken schneit, der kalte Wind um die Ecke jagt und der düstere Winterabend hereinbricht. . . .

Zu diesen Armen gehört wohl auch der kleine Knabe mit den hellen, blauen Augen, welcher dort vor dem durch Gasflammen glänzend erleuchteten Spielwaarenladen steht und mit kindlicher Verblüfftheit durch die großen Fensterscheiben auf die bunten

Puppen, Hanswürste, Schaukelpferde, Lämmer, Rei-
ter, Fahnen und Trommeln hinstarrt. . . .

Schon die ärmliche Kleidung des Kindes sagte,
daß seine Händchen nie ein solches Spielzeug berührt, daß ihm alle diese Dinge so unbekannte Herrlichkeiten waren, wie es einst die Glasperlen und
Spiegel den Bewohnern des neuentdeckten Westin-
diens . . .

Doch die Kleidung des Kindes war nicht allein
ärmlich, sie hatten auch einen sehr sommerlichen
Charakter, von der dünnen, grünen Kattunkutte an,
bis herab zu den fadenscheinigen geflickten Casinet-
höschen und den zerrissenen Zeugstiefelchen, welche
offenbar aus einem Tröblerladen stammten und einst
in bessern Tagen den niedlichen Fuß einer Dame
eingeschlossen hatten. Den Kopf schützte keine andere
Bedeckung, als die vom lieben Gott geschenkte: dichte,
blonde Locken, welche ihm über Stirn und Schläfe
hereinfielen und dem kleinen Gesichte jenen rühren-
den Ausdruck kindlicher Hilflosigkeit und Gutmüthig-
keit gaben, welcher den Engel der Barmherzigkeit
in jedem nicht ganz verhärteten und verknöcherten
Herzen wachrufen muß. Der Kleine hatte schon eine
Weile vor dem Laden gestanden und die aufgestellten

Spielsachen staunend angegafft. Ihn, dessen ganzer Reichthum an Spielzeug in ein paar kleinen Brettern und ein paar bunten Kieselsteinen bestand, ihn mußte der Anblick dieser glänzenden Gegenstände in ein Feenreich versetzen, von dessen Existenz er in seiner engen, dumpfigen Straße, die er heute zum ersten Male verlassen hatte, auch nicht die geringste Ahnung gehabt. . .

Aber es war kalt, sehr kalt und die Glieder fingen an ihm steif und starr zu werden. . .

Einen Moment überwand die Neugier noch die Kälte; er hauchte in die rothen Händchen und trippelte vor dem Schaufenster auf und nieder, ohne einen Blick von den Puppen und Bleisoldaten zu verwenden. . .

Allein zu der Kälte gesellte sich jetzt noch ein anderer unleidlicher Gesell: der Hunger. Seit Mittag hatte der arme Kleine nichts gegessen.

Sechs Stunden fasten und zum Mittag nichts als eine Tasse Cichorientrank und ein klein Stück Brod haben, das ist ein schweres Kunststück für einen Kindermagen. . . .

Dieser Gedanke mochte sich auch dem Kleinen mehr oder minder klar aufdrängen; allmählig verlor sich die Bewunderung und Schaulust, das Pusten und Trippeln wurde immer heftiger und endlich drehte er sich um und rief halb weinerlich und sich schüttelnd vor Frost:

„Hu . . . hu . . . wie mich friert, Muhme, und hungert . . . wir wollen nach Hause gehen, Muhme — . . .“

Bestürzt sich umblickend suchten des Kindes Augen, als ihm Niemand antwortete, bei dem Schimmer der Gaslaterne vergeblich die Muhme, an deren Hand es noch vor einer Viertelstunde durch die Straße gegangen, die es an diesem Laden geführt und ihm — dieser Gedanke zuckte plötzlich, wie ein Lichtstrahl durch die angstvolle Betrübniß der kleinen Kinderseele — ein Stück Stengelzucker gegeben und dabei gesagt:

„Bleibe hier stehen, Hans, sieh’ Dir die schönen Sachen an . . . ich komme gleich wieder. . .“

Ein Kinderherz ist so schnell beruhigt und über die Wange, auf welcher eben noch die Thräne des Schmerzes flimmerte, fliegt schon im nächsten Augenblick das Lächeln der Freude.

So trocknete die Erinnerung an den Stengel-

zucker rasch die Zähren, welche ihm erst die Angst
des Verlassenseins ausgepreßt hatte. . .

War es doch das erste Mal, daß ihm die Muhme
so köstliche Leckerei geschenkt hatte. Bisher hatte er
von ihr immer nur viele Schläge und harte Schelt-
worte und kleine, recht kleine Stücke Brod bekommen. Das Kind wischte sich die Wangen und warf
einen funkelnden Blick auf den rothgefärbten Zucker-
stengel. Wie das flimmerte und glitzerte in dem
Gasflammenlicht!

So lief der Knabe auf dem Trottoir weiter, unbekümmert wohin ihn sein Weg führte, sorglos und
glücklich an dem Zucker saugend, den er sich gern
aufgehoben, wenn die Lockung nicht gar so verführe-
risch gewesen wäre. . . .

Und immer weiter und weiter fort, von der
Stelle, wo er die Puppen betrachtet, führte ihn sein
Weg. Er kam in breite Straßen mit hohen, präch-
tigen Häusern, welche vorher nie sein Auge gesehen
hatte. Durch die Fenster funkelten unzählige, glänzende Lichter, frohe, jubelnde Kinderstimmen schlugen an sein Ohr, Laute jauchzender Freude, aus
ebenso jungen Herzen, wie das seinige, kommend,
klangen aus den Häusern heraus auf die Straßen. . .

Neugierigen Blicks schaute er in die hellen Zimmer der Erdgeschosse, in welchen fröhliche Kinder um buntgeschmückte, leuchtende, grüne Tannenbäume hüpften, glückliche Eltern mit seligem Gefühle dreinschauten und die Kleinen küssend und herzend in ihre Arme schlossen. . .

Christabend war es.

Der Weihnachtsengel hatte diese glänzenden Lichter angezündet und diesen Kinderjubel und Elternfreude wachgerufen. . .

Immer weiter wandernd sah der kleine blonde Knabe in dem dünnen Kattunkleidchen und den zerrissenen Schuhen stumm und staunend in das freudige, glänzende Gewühl.

Er verstand Nichts von alledem; weder die Freude der Kinder, noch die leuchtenden Weihnachtsbäume und die tausend bunten Herrlichkeiten auf Tischen und Tafeln, noch das Glück, das aus den Mienen der Eltern lachte. . .

Nicht Neid, noch Schmerz kamen bei diesem Anblick in sein kleines Herz, nur Bewunderung, nur Staunen erfüllten es. . .

Wie sollte es auch anders sein? . .

Vier Jahre zählte schon sein junges Leben, aber

noch Niemand hatte ihm von dem Weihnachtsengel
erzählt, der alljährlich auf weißen, schimmernden Fittigen, mit grünen Tannenreisern in der Linken über
die Länder hinschwebt und mit der Rechten frohe,
glänzende Gaben herab in den Schooß der Menschen streut. . .

Und so unbekannt, wie ihm das heilige Christ-
fest war, so fremd war ihm auch diese jubelnde,
jauchzende Kinderfreude und Elternzärtlichkeit. . .

In der engen, dumpfen Straße, in welcher er
mit der Muhme und dem Vetter gewohnt, hatte er
nur wilde Ausbrüche des Zornes, der Wuth, der
Verzweiflung, des Elends gesehen. Abgeschlossen von
der übrigen Welt, auf den engen, schmutzigen Hof-
raum und die kalte, finstere Stube angewiesen, waren ihm nur bleiche, sieche Kinder des Elends bekannt, über deren welke Züge weder je ein Schimmer der Freudensonne, noch ein Strahl des warmen Himmelslichts geglitten. Grabesblumen, die
ohne Luft und Sonne, eingekerkert zwischen diesen
dumpfen, kalten Mauern schnell der Ruhestätte auf
dem Friedhofe der Armen entgegenreiften. Arme Kinder, an deren kahler Wiege und an deren hartem
Sterbelager der bleiche Engel der Noth steht! . .

Du kleiner blonder Lockenkopf freilich, du blüh=
test zwischen diesen welken Grabespflanzen wie eine
volle runde Sonnenblume, welche Jahr aus, Jahr ein
Luft, Licht und Glanz einsaugt. Und athmetest du
auch in derselben kalten, verdorbener Atmosphäre,
frorst du auch wie die Andern in deinem harten,
armseligen kleinen Bette, von Stroh und Lumpen,
war die Nahrung, die man dir unter Schelten, Flü=
chen und Schlägen reichte, auch geringer und arm=
seliger, als die des Jagdhundes des reichen Herrn,
in dessen Hinterhof du zuweilen lugtest, sehnsüchtig
zusehend, wie der braune Tiras die warme Brod=
suppe ausleckte, während du noch keinen Tropfen
Milch und keinen Bissen Brod bekommen, so strahlte
doch von deinem kleinen runden Gesichte der rosige
Schimmer der Gesundheit, gänzte aus deinen blauen
Augen Zufriedenheit und Lebenslust. . .

Und auch jetzt, wo sich rings um dich Alles
freute im warmen, festlich erleuchteten Zimmer, wäh=
rend durch dein ärmlich Gewand der Nordwind
stürmte und die Schneeflocken sich wie glänzende Per=
len in deine blonder Haare hingen, wo du rings
um dich glückliche Eltern und jubelnde Kinder sahst,
während du verlassen und allein durch die Straßen

irrteſt, auch jetzt wich nicht das kindliche Lächeln
von deinen Lippen... Du hatteſt ja noch ein Stück
Stengelzucker. Doch die Lichter der Chriſtbäume
fingen an nach und nach zu verlöſchen. Es wurde
dunkler und menſchenleerer auf den Straßen. Der
Schnee fiel immer dichter und der Nordwind wehte
immer ſchärfer.

Das Kind war auf ſeiner zielloſen Wanderung
wieder in einen jener ärmeren Stadttheile gekommen, die von den Arbeitern der Fabriken und von
kleinen Handwerksleuten bevölkert wurden.

Der Zucker war endlich aufgezehrt und das Kind
müde und ſchläfrig... Dabei fror es, daß ihm
die Zähne klappernd aneinanderſchlugen und Geſicht
und Hände hatten eine bläulich-röthliche Färbung...

Der kleine, blonde Knabe, der da mit immer
wankender werdendem Schritte auf dem Schnee hin-
trippelte, hatte vom Himmel ein gar friſches, fröh-
liches Kinderherz geſchenkt bekommen, das ihn ſelten
weinen ließ, trotz der Schläge und der kleinen Stücke
Brod; aber jetzt, da er ſich ſo allein mitten in der
dunklen, kalten Winternacht ſah und die Muhme, die
ihm wenigſtens allabendlich ein Strohlager hinter
dem alten Kachelofen gab, immer noch nicht erſchien,

ihn nach Hause zu führen, da überschlich seine harm-
lose Kinderseele ein dunkles, banges Gefühl des Verlassenseins und der Furcht... Und mit einem Male
stürzten helle Thränen aus seinen Augen und bitter-
lich weinend, die Härte der Muhme vergessend, rief er:

„Muhme, ach gute Muhme, führe mich doch zu
Hause," und lief die dunkle Straße hinab.

Niemand achtete des kleinen, verlassenen Kindes,
dessen sich die, welche ihm bis jetzt Unterhalt gewährt, müde der unnützen Last, auf so grausame
Art entledigt, daß sie hinausgestoßen in die kalte,
dunkle Winternacht, wie man einen Hund fortjagt,
für den sein Herr die Futterkosten nicht mehr zahlen will...

Das Kind in seiner Unschuld und Unwissenheit
hatte von alledem keine Ahnung... Wenn es nicht
so gefroren hätte, würde es vielleicht noch an
dem Laden stehen und auf die Muhme warten.
Nur die Kälte hatte es fortgetrieben; die Kälte und
der Hunger...

Am Ende der Straße stand ein Leiterwagen vor
dem Hinterthore eines jener kleinen Gasthöfe, in
welchem die Landbotenfuhrwerke der nahgelegenen
Ortschaften auszuspannen pflegten...

Eine Anzahl aufgerissener Kisten und Tonnen, in denen noch das Stroh der Verpackung lag, standen daneben. . .

Müde, frierend, hungrig und weinend kroch der Kleine in die größte dieser Kisten; seine matten Glieder trugen ihn nicht weiter. . .

Die Kiste schützte ihn wenigstens etwas gegen den Schnee und den Sturm und in dem Stroh wärmte er seine erstarrten Füße. . .

Bald senkte sich der Schlummer auf seine Augenlider nieder und schon nach wenigen Minuten schlief er, die Händchen auf der Brust zusammengefaltet, in Mitten des Wintersturmes und Schneegestöbers in seiner Kiste jenen sanften, ruhigen Schlaf der Kindheit, um welchen Engel die Kinder der Sterblichen beneiden könnten.

Das Kind schlummerte. . .

Es schlummerte, während der Nordwind seine Wange mit dem Rauschen seiner kalten Fittige erstarrte, es schlummerte, während der Schnee durch die Lucke herein zu seiner Lagerstätte drang und eine weiße Decke über seinen Leib wob, es schlummerte während der Frost heran zu seinem kleinen immer

leiſer ſchlagenden Herzen drang — vielleicht um es
bald ganz ſtill ſtehen zu laſſen. . .

Ein Lächeln umſchwebte ſeinen Mund. . .

Waren es die Engel des Paradieſes, die ihm
winkten und denen es zulächelte? Oder war es ſeine
frühere Geſpielin, die kleine, bleiche Marie, welche
vor ein Paar Monaten vier dunkle Männer in einer
ſchwarzen Kiſte fortgetragen, die ihm im Traum er=
ſchien und zuwinkte? Oder waren es die Puppen,
Hanswürſte und goldpapierne Weihnachtsengel, welche
in bunten Traumbildern an ſeinem Auge vorüber=
glitten, neckiſch hin und herhuſchten, ihm Kußhände
und Grüße zuwarfen? . . Gewiß, es waren die
Puppen und Weihnachtsengel, die mit ihm ſpielten.
Er ſtreckte die Händchen nach den bunten Bildern
aus und ein Ruf der Bewunderung und Freude
ſchlüpfte über ſeine Lippen. . .

Aber bald ſchwand das Lächeln aus den lieblichen
Zügen des Kindes, ein dunkler, trüber Schatten,
ein Ausdruck dumpfen, unbewußten Schmerzes flog
über ſein Geſicht und leiſe wimmernde Klagetöne
klangen aus der Kinderbruſt hervor.

Es war die Kälte, die dieſes Wimmern hervor=
lockte, die eiſige, erſtarrende Nachtkälte, die wie eine

heimtückische Schlange immer näher zum Herzen des schlafenden Kindes kroch, um das junge Leben, das in ihm pulsirte, zu tödten mit ihrem eisigen Hauche.

Das Wimmern des Kleinen wurde immer dumpfer und leiser...

Der bleiche Todesengel flog heran auf den Flügeln des Nachtwindes und die Spitze seiner Fittige berührte schon die blasse, kalte Stirn des verlassenen Kindes...

Kaum zwanzig Schritte von der Kiste entfernt, in der das arme, kleine Kind sterbend lag, tönte Gesang und Gläserklirren aus dem Hause auf die öde Straße und hier brach ein junges Blüthenleben, dessen letzte Seufzer nur die dunkle Winternacht hören sollte...

Da knirrschten Schritte auf der schneebedeckten, menschenleeren Straße...

Eine einsam brennende Gaslaterne warf ein bleiches, ungewisses Licht auf den späten Wanderer, der im halblauten Selbstgespräch langsam die Straße herabschritt.

Es war eine mehr kurze und untersetzte, als große Figur. Ein dichter, röthlich blonder Bart von ungewöhnlicher Größe bedeckte die untern Ge=

sichtspartien und den oberen Theil der Brust. Um den Hals trug er weder einen Shwal, noch eine Cravatte, sondern nur ein leichtes, schwarzes, lose umgeschlungenes Taffet=Tuch. . .

Die Hände hatte er in die beiden Seitentaschen seines grauen, dicken Winterrockes versenkt, vielleicht weniger der Kälte wegen als zur Sicherheit zweier langhalsiger Flaschen, die aus den Taschen hervorlugten. . .

Unter dem Rocke trug er eine blaue Blouse, wie sie die Arbeiter in den Werkstätten unserer großen Städte tragen.

„Tiger, Hyänen, Meerkatzen und Crokodillen= brut," monologisirte er, „daß die Hölle Euch ver= schlingen möge. . . Komm heraus Zeugniß unserer Bestiennatur." Und indem er unter eine Gaslaterne trat, zog er aus der Brusttasche ein frisch gedrucktes Zeitungsblatt.

„Hört es Ihr Bestien und verderbt."

Er las:

„Aus welchem Grunde kommt unser deutsches Theaterpublikum dem Dichter, wie dem Componisten und Darsteller nicht mit der Begeisterung entgegen, wie es in den Pariser Theatern der Fall ist? Die

Sache ist sehr einfach... In Paris geht man nach
dem Diner in's Theater, während wir mit hung-
rigem Magen in unsern Sperrsitzen und Logen sitzen.
Ein voller Magen, angefeuchtet mit Burgunder und
Champagner urtheilt viel wohlwollender als ein
hungriger."

Er hielt inne, stieß ein grimmiges Gelächter
aus, ballte die Faust und wandte dann das Blatt
um.

„Dritte Columne, zweite Spalte... Gestern
früh wurde in einem Pferdestalle der Sandgasse ein
armer Weber mit drei kleinen Kindern aufgefunden:
Der Unglückliche, dem vor Kurzem die Frau gestor-
ben, war krank gewesen, hatte die Miethe nicht bezahlen können und war aus seiner Wohnung exmit-
tirt worden. Das Mitleid der Knechte hatte ihm
in dem Stalle ein Nachtunterkommen gewährt. .
Einem der Kinder hatten die Ratten in der letzten
Nacht die Füße angefressen... Auf der Polizei erzählte der Mann, daß er sich und seine Kinder acht
Tage lang von den Abfällen aus der Küche des
Gasthofs ernährt habe... Ha! Ha! lache, lache,
Bestie... Lump, was schläfst du in einem Pferde-
stall, warum frißt du Kartoffelschaalen, nagst du

Knochen ab und stopfst dir den Magen mit Kleien-
brod... Füttere dich mit Trüffeln und Gänsele-
berpasteten, feuchte dein Diner mit Burgunder an,
geh' dann mit wohlwollender Gesinnung in's Theater, klatsche dir die Hände wund und schlafe dann
— still, still, Bestie, lies weiter das Schandzeugniß:

Vierte Columne, erste Spalte! Seine Hoheit
der Prinz Ottomar hat dem Componisten des reizenden Ballets „La Mosquita" durch den Herrn
Intendanten eine prachtvolle, mit Edelsteinen ge-
schmückte und neugeprägten Ducaten gefüllte Tabatiere überreichen lassen... Der Solotänzerin Fräulein Lina Roselli eine kostbare Broche...

Letzte Columne, letzte Spalte! Gestern erhängte
sich eine Wittwe, Wäscherin, Mutter von vier Kindern. Die Motive schienen Nahrungssorgen gewesen
zu sein... Ha! Ha! lache doch Bestie ... lache!.."

Er warf die Zeitung in den Schnee, trat sie
mit Füßen und zog eine kleine Flasche aus der Sei-
tentasche...

„Sieh', würdige Kreatur," fuhr er in seinem
Selbstgespräch fort, „wäre in dieser Flasche Blau-
säure und wäre dieser Kopf, der hier auf diesen
Schultern ruht das Haupt des ganzen Menschen-

geſchlechts und nicht der armſelige Schädel einer
einzigen unbedeutenden Menſchenmilbe, du müßteſt
die Flaſche bis auf den letzten Tropfen leeren. . .
Indeſſen was nützt der Tod einer einzigen Men-
ſchenbeſtie! Die Canaillen laufen zu Millionen um-
her. . . Beſtie, du ſollſt leben. . . Aber Gift,
Gift, ſollſt du doch ſchlucken, heimliches, langſames
Gift, das die Adern austrocknet und das Mark
aus den Knochen zehrt." Es mußte ein ſüßes,
ſchmeichleriſches Gift ſein, welches der Nachtwan-
derer trank, denn als er die Flaſche wieder abſetzte,
war ſie zum Drittheil leer, und zugleich verbreitete
ſich um den Trinker jener angenehme, pikante Duft,
welcher gutem Rum eigen iſt. . .

„So" fuhr er fort, die Flaſche einſteckend und
weiter gehend, „ſo, Beſtie, gieß dir Alkohol in die
Kehle, daß dir der Dunſt des Rauſches in die Kammern deines Hirns ſteigt und du in der Trunken-
heit die Beſtialität der Nüchternheit vergißt." Er
ſchwieg einen Augenblick und fuhr dann mit weniger Extaſe und in gedämpfterem, faſt traurigem
Tone weiter fort:

„Es iſt wahr, ich bin ein Thier, ſo gut wie
die Andern Alle — ich betrinke mich während es da

brinnen," und er starrte auf eine Reihe kleiner, ärmlicher Wohnungen, „Viele giebt, die heute beim zu Bettgehen nicht einen Bissen Brod im Magen hatten!... Und das Ende vom Liede? Ich werde ein Säufer werden und am Delirium sterben: Verflucht, dreimal verflucht diese Arbeit!... O! wie glücklich war ich noch vor drei Tagen bei meiner Naturgeschichte, bei meiner Reisebeschreibung aus Afrika... Bei meiner Schilderung der tropischen Thierwelt, diesen naturwüchsigen Geschöpfen, die es doch wenigstens nicht läugnen, daß sie Bestien sind und sich lieber gegenseitig fressen, als einander vor Hunger krepiren lassen. Und da — da muß dieser unglückliche Schneehuhn krank werden, und ich all' diese Misere, diese Bestialität hinein würgen... Aber ich trage es nicht länger, ich will von dieser zweibeinigen Meerkatzen= und Krokodillenbrut nichts wissen, ich will in meine Urwälder, zu meinen Löwen, Tigern, Elephanten und Klapperschlangen zurückkehren..."

Er nahm einen zweiten Schluck aus der Flasche, seine Stimmung verlor wieder die milde, elegische Färbung und nahm den früheren desperaten Charakter an...

„Ah! Nero," brauste er auf, „warum konnte er seinen großen Gedanken nicht ausführen... Ein Kopf für die ganze Race und einen Schwerthieb! Oder wenn ich unser Herrgott wäre, nur einen Tag, einen einzigen Tag und könnte alle Schleußen des Himmels und der Erde aufreißen, daß sie umkommen müßten in der Fluth, elendiglich wie die Wasserratten, Groß und Klein, Mann und Weib, Kind und Kegel und das Winseln an mein Ohr schlagen würde, wie Sphärenmusik und meine Seele jubeln, bis das Wasser mir endlich selbst an die Gurgel träte... Kein Erbarmen mit der Race, weil sie keins hat... Oder, wenn ich der Herodes wäre und Bethlehem die Welt und ich in einer Nacht die ganze Brut von der Erde tilgen könnte, daß nur Schafe, Esel, Lämmer, Tiger, Löwen und Elephanten übrig blieben — ah, wenn ich Herodes wäre... doch still, still, was ist das, winselt ein Hund da, der seinen Herrn verloren hat?" Die Nacht war nicht sehr dunkel und aus den Fenstern des Gasthofs fiel ein schwacher Lichtschimmer auf den schneebedeckten Platz, auf welchem der Wagen und die Tonne stand, in welcher das vor Kälte hinsterbende Kind lag...

2*

„Ein Kind!" rief der moderne Herodes, indem er mit einer Geberde erschrockener Verwunderung an die Kiste trat, in welcher der kleine Hans wimmernd schlummerte. . .

Es war, als ob das Schicksal ihn sofort beim Wort genommen und ihm ein Geschöpf der Brut, die er in einer Nacht zu vertilgen wünschte, überliefern wollte. . .

Herodes schien indessen bei der überraschenden Entdeckung mit einem Male seine mörderischen Gedanken und Grundsätze gänzlich zu vergessen. Er beugte sich nieder und indem er den Kleinen aus der Kiste zog und in seine Arme nahm, rief er:

„Ein Kind, ein Kind, bei zehn Grad Kälte auf offner Straße in einer Kiste . . . und in einem dünnen, zerrissenen Kattunkleid . . . ein kleines, verlassenes Kind, o Hyänen, Meerkatzen- und Krokodillenbrut." Das Kind wimmerte noch, aber seine Glieder waren starr und eisig, wie die einer Leiche. . .

Herodes, so wollen wir den Mann einstweilen nennen, faßte einen kurzen Entschluß. Er zog seinen dicken, warmen Rock aus, wickelte das Kind hinein, wie man eine Puppe einwickelt und lief dann, ohne sich weiter den Kopf zu zerbrechen, wie der

Knabe hierher gekommen, die Straße hinab, indem
er einmal über das Andere mit wuthzitternder
Stimme in die Worte ausbrach:

„Ein Kind, ein Kind . . . auf offener Straße,
bei zehn Grad Kälte, Schnee und Nordwind . . .
o! Bestien, Bestien. . ."

Er lief nicht weit. In eine der ersten Seiten-
gassen einbiegend, blieb er vor einem der nächsten
Häuser stehen und riß wie ein Verrückter an der
Klingel, die zu der Stube des Hausmanns führte.

„Sind Sie toll, Herr Wenzel, um Mitternacht
Sturm zu läuten, daß das ganze Haus in Aufruhr
geräth?" brummte der Hausmann, seinem Miether
öffnend. „Aber was haben Sie denn da — wie
sehen Sie denn aus?"

„Betrachten Sie mich ein anderes Mal," rief
der Andere, „jetzt aber antworten Sie mir statt die
Augen wie ein Nürnberger Nußknacker aufzureißen
und den Mund, weit wie ein Scheunenthor aufzu-
sperren — ist mein Nachbar, der Doctor, zu Hause..."

„Er kam vor zehn Minuten," antwortete ganz
verdutzt der Hausmann, der in seinem Abmiether
zwar immer einen überspannten Menschen gewittert,

aber an ihm noch niemals eine so kurz angebundene Grobheit entdeckt hatte. . .

„Er ist zu Hause? Leuchten Sie mir die erste Stiege hinauf, . . . so, es ist gut . . . ich danke, schlafen Sie wohl, würdiger Cerberus.“

Und so rasch, als es ihm seine Bürde nur gestattete, stieg er, ohne sich weiter um den ihm verblüfft nachschauenden Hausmann zu kümmern, die Treppe zu seiner im dritten Stockwerke gelegenen Wohnung hinan. . .

„Geschwind, — geschwind, Doctor,“ rief er, noch ehe er auf der letzten Stufe stand, „kommen Sie zu mir herüber. . . Ich bringe Ihnen einen Patienten zum Weihnachtsgeschenke; . . . bringen Sie Ihren Wachsstock und einen Topf Wasser mit, denn ich glaube ein Feuer im Ofen und eine Tasse heißer Thee mit Rum wird bei unserm Kranken die beste Arznei sein.“

———————

Zweites Kapitel.

Im Himmel oder auf Erden?

Der erste Weihnachtsmorgen war angebrochen...
Die Kirchenglocken läuteten schon zur Frühmetten,
während am weiten Himmelsdome noch die ewigen
Kerzen der Nacht im flimmernden Glanze strahlten
und ihren Schimmer herab auf die große Stadt
warfen...

In tiefem Dunkel lagen noch die Wohnungen
der Menschen; nur unten, am Ende der Straße
leuchteten zwei Fenster im dritten Stockwerke mit
weit hinstrahlendem Schimmer in den dunklen Win-
termorgen. Es war eine Mansardenstube, aus welcher der Lichtstrom hervorquoll, der seinen Schimmer auf das weiße Dach ausgoß, und die Krystalle
der Schneeflocken in bunten Farben erglänzen ließ...

Das Innere des Zimmers hatte das Aussehen

einer einfach möblirten Junggesellenwohnung. Eine
graue, durch Tabaksdampf verräucherte Tapete mit
grünem blumigten Muster bedeckte die Wände, an
welchen eine Menge kleiner Bilder hingen. Es waren meistens Kupferstiche und Holzschnitte von Thier-
gestalten, an denen weiter nichts auffällig war, als
die überraschende Aehnlichkeit, welche die meisten
dieser Thiergesichter mit menschlichen Physiognomien
hatten. . . Bei nur flüchtigem Hinblick wußte man
nicht, ob dies Menschenantlitze mit Tiger- Löwen-
Hyänen- Krokodill- Schafs- Fuchs- und Hundeleibern oder Füchse, Hunde, Schafe, Tiger und sonstiges Gethier mit menschlichen Zügen waren. Im
Hintergrund des Zimmers, das sich in eine Art
Alkoven verlor, stand hinter einer Gardine von grü-
ner Serge ein Bett, in welchem man zwischen Kissen und Decken ein schlummerndes Kind mit blondem Haar und frischen, rothen Wangen erblickte.
Auf der andern Seite des Zimmers, dicht neben
dem Ofen, befand sich das Sopha; ein altes Mö-
bel mit hie und da zerrissenem Damastüberzug. Ein
runder Tisch, vier Stühle mit Rohrgeflechte, ein
Spiegel, ein altes Schreibpult mit drei Schubladen,
ein braun angestrichener Waschtisch und rothe Kat-

tunvorhänge, die in Schwibbogen über den Fenstern
hingen und zu beiden Seiten glatt herabfielen, ver-
vollständigten die Ausstattung der kleinen Wohnung...

Der Lichtglanz aber, von welchem die Mansardenstube in diesem Augenblick erleuchtet war und der
seinen Schimmer hinaus auf das schneebedeckte Dach
warf, strömte von einem grünen, mit versilberten
Aepfeln und Nüssen dicht behangenen Tannenbaum
aus, auf dessen Zweigen gelbe Wachskerzen brann-
ten, die mit ihrem traulichen Lichte die kleine ärmliche Wohnung vergoldeten.

Ein Mann mit blondem, struppigem Bart- und
Haupthaar, den Leib in einen dunkelfarbigen, an
den Schößen und den Aermeln geflickten Schlafrock
gehüllt, band eben die letzte Nuß an den Baum...

„Und er sahe an Alles, was er gemacht hatte,
und siehe da, es war sehr gut," brummte der Bärtige, „sehr gut, ich bin mit mir zufrieden... Bei
allen Krokodillen des Nils! was wird der Bube
für ein Gesicht schneiden, wenn er beim Aufwachen
den Baum mit den Lichtern und dem glitzernden
Gebummle vor seinem Bette stehen sieht...

Es muß ihm wie Hexerei vorkommen... Wie
er die Augen aufreißen und verdutzt drein schauen

wird... Freilich, es ist auch pure Hexerei. In
einer zerbrochenen Kiste auf offner Straße zu Bette
gehen und des Morgens auf einem Lager erwachen,
in dessen Pfühle zwar keine Eiderdunen, aber doch
Stroh und ehrliche Gänsefedern stecken... O, ihr
Bestien, Hyänen- und Meerkatzenseelen."

Er sah sich nach dem schlafenden Kinde im Hin-
tergrunde des Zimmers um...

„Was das Bürschchen für eine gesunde Natur hat.
.. Gestern Abend war er starr und kalt, wie ein
Eisklumpen und jetzt liegt er dort mit Backen so
roth wie die Weihnachtsäpfel und schläft wie ein
Murmelthier... Der Doctor hatte Recht. Eine
Tasse Camillenthee und acht Stunden in ein war-
mes Bett und das Bürschchen ist so gesund, wie
eine Forelle im Waldbach..."

Draußen schlug es von den Kirchthürmen sechs
Uhr... „Erst sechs Uhr?.. Dann fehlt noch
eine Stunde an den acht, die mein neuer Stuben-
bursche schlafen soll... Ich denke, ich lösche einstweilen die Lichter aus und braue den Kaffee, denn
wenn meine kleine Einquartirung erwacht, so wird
sie einen Wolfshunger haben."

Die Lichter des Christbaumes waren erloschen

und der Schimmer einer Lampe mit grünem Pa-
pierschirm fiel auf den runden Tisch, vor dem Herodes saß und nachdenkend in die blaue Spiritus-
flamme blickte, welche die blecherne Kaffeemaschine
umzüngelte. . . .

Ein leises Klopfen an der Thür, welchem unmittelbar der Eintritt eines Mannes folgte, unterbrach ihn in seinen Betrachtungen.

„Guten Morgen, Nachbar," grüßte der Einge-
tretene mit gedämpfter Stimme und dem Andern
die Hand reichend. . .

„Ah, guten Morgen . . . Doctor . . . Nehmen
Sie Platz und betrachten Sie unsern Tannenbaum...

„Zuvörderst will ich nach unsern Patienten sehen, lieber Wenzel" — dies war des Bärtigen ehrlicher, bürgerlicher Name, mit dem auch wir ihn
von nun an bezeichnen wollen — „hat er die Nacht
hindurch ruhig geschlafen . . . keine Fiebererschei-
nungen gehabt, phantasirt oder sonst dergleichen?"
Und der Arzt näherte sich mit leisen Schritten dem
Bette, in welchem das Kind schlummerte. . .

Wenzel ergriff die Lampe und stellte sich so, daß
ein gedämpfter Lichtschein auf das Antlitz des Knaben fiel. . Und wie schon am gestrigen Abend,

als er ihn zuerst erblickt, so flog auch jetzt ein Zug
tiefer Erregtheit über des Arztes Gesicht. . .

Aber es war nur ein blitzeschneller Moment,
schon im nächsten Augenblick war der Doctor wie=
der der ruhige scharf beobachtende Mann der Wiß=
senschaft.

„Eins, zwei, eins, zwei," zählte der Arzt, „der
Puls geht gleichmäßig, wie ein Uhrenperpendikel. . .
Die Haut etwas feucht, Kopf kühl, Athem regelmä=
ßig. Wir können ganz ruhig sein, lieber Wenzel,
der Kleine wird mit einem Hunger erwachen, wel=
cher Ihren Eßvorräthen verhängnißvoll werden wird...
In der Voraussicht habe ich etwas Vorrath zu mir
gesteckt." Und er zog unter dem Schlafrocke eine
Weihnachtsstolle hervor. . .

„Aber, Doctor, haben Sie eine Wünschelruthe
oder einen Zaubersack. Erst den Christbaum, den
Sie mir gestern in mitternächtiger Stunde brach=
ten, und nun auch Weihnachtsstollen?"

„Sie wissen ja," lächelte der Doctor, „ich habe
eine große Familie, der ich bescheeren muß."

Wenzel drückte dem Doctor die Hand.

„Ich verstehe," brummte er, „ich kenne Ihre Fa=
milie. . . Die armen, kleinen, nackten Buben und

Mädchen, dort unten in der Vorstadt, die Kamera-
den da von dem Kleinen. . ."

Der Doctor winkte abwehrend mit der Linken
und indem er auf das schlafende Kind deutete sprach
er leise:

„Lassen Sie uns auf dem Sopha plaudern. . .
Der Kleine muß ausschlafen. . ."

Da zischte es auf. Das kochende Wasser lief
über und die Spiritusflammen schlugen über der
Maschine zusammen. . .

„Sei ruhig, freundlich Element," brummte Wenzel, die Flammen erstickend und das dunkle Kaffee-
pulver in die siedende Fluth schüttend. . .

Der Doctor hatte sich indessen den Kopf in beide
Hände gestützt und die Ellenbogen auf die Knie ge-
stemmt in die Sophaecke gesetzt und blickte sinnend
vor sich hin. Er sah recht alt aus, der Doctor,
und doch konnte er sich, seinen Jahren nach, noch
gut zu den jungen Männern zählen. . .

Achtunddreißig Jahre weben noch keine Silber-
fäden unter das Haar eines Mannes, welcher in
stoischer Strenge lebte, sie durchziehen die Stirne
noch nicht mit tiefen Furchen und pressen den Mund
noch nicht jenen bittern, schmerzlichen Zug auf, den

wir so oft bei Männern reiferen Alters finden, denen das Alter auch die letzten Illusionen des Lebens raubte...

Selbst die Schmerzen der Krankheit wischen nicht so völlig alle Lebenslust und Frische aus den Zügen. Nur die Leiden der Seele, die Kämpfe, bei denen das Leben das Schlachtfeld, und unsere Hoffnungen, Träume und Wünsche die Leichen sind, welche dieses Schlachtfeld bedecken — nur sie können einem Menschenantlitz dieses düstere Gepräge aufdrücken...

Und doch sah er nicht menschenfeindlich aus, dieser Mann. Vorhin, als er an das Bett des armen Kindes trat, ruhte sein Blick mit innigem Mitleid auf den kleinen, verlassenen Knaben und als er von seinen Christbescheerungen sprach, glänzte ein Strahl wehmüthiger Freude aus seinen Augen...

„Sie waren gestern wieder etwas ... angeregt, Nachbar," wendete er sich zu den Andern, der sich eben eine Tasse Kaffee einschenkte, „Sie wären sonst früher nach Hause gekommen... Auch Ihr sonstiges Wesen verrieth mir es ... lieber Wenzel," und ein leiser Vorwurf klang durch diese Worte, „meiden Sie in Zukunft diese Excesse..."

„Aber bei allen Bestien der Urwälder," prote-

ſtirte der Andere mit zerknirſchter Geberde, „bin ich
daran ſchuld oder der unſelige Schneehuhn, der
immer an Magenkrämpfen und Knieſchmerzen leidet,
oder unſer dickköpfiger Factor, dieſer Herr Holzapfel! .. Sie kennen die Geſchichte meines Lebens,
lieber Doctor, Sie kennen meine Grundſätze, Sie
wiſſen, wie ich dieſe Menſchenrace verabſcheue, haſſe,
wie ich ſie im Keime vertilgen könnte, wenn ich es
vermöchte, wie ich nichts von dieſer ganzen Brut
hören und ſehen will, wie ich ein erklärter Menſchenfeind bin — und dennoch nimmt dieſer dick-
köpfige Holzapfel nicht die geringſte Rückſicht darauf
und ſtellt mich in den Zeitungsſaal, ſtatt mich bei
meinen Beſtien, bei meiner Naturgeſchichte zu laſſen. . .“

Ueber das ernſte Geſicht des Arztes zuckte während dieſer leidenſchaftlichen Rede des Wenzel's mehr
als einmal ein leiſes Lächeln und als der Bärtige
geendet, erwiderte er in beſänftigendem Tone:

„Ich weiß, ich weiß ſchon, Wenzel, es iſt die
alte Geſchichte. . . Die Welt hat Ihnen böſe mit-
geſpielt, Sie von Jugend auf getreten und geſtoßen
und Ihr Vertrauen ſchnöde gemißbraucht. . . Sie
ſind dadurch verbittert und ſchließlich Menſchenfeind

geworden. Aber Sie vergessen, daß Sie sich weder
wie ein Timon in einem Thurm in der Wildniß
einsperren, noch wie Robinson auf eine wüste, men=
schenöde Insel zurückziehen können. Sie sind Schrift=
setzer. . ."

„Ein alter Schweizerdegen," setzte der Andere
mit Ausdruck hinzu.

„Ihr Beruf nöthigt Sie stündlich, jeden Augen=
blick sich mit den Interessen dieser Menschenrace, die
Sie so hassen, zu beschäftigen. . ."

„Aber das ist wider die Verabredung," warf
der Andere leidenschaftlich ein, „man suchte in der
Officin einen Setzer für sachwissenschaftliche Werke,
für Sprachen, Mathematik, Physik und Naturge=
schichte. . . Ich trat in die Stelle unter dem aus=
drücklichen Versprechen des Factors, mich nie zum
Zeitungs= oder Romansatz zu verwenden. . . Es ist
nun ein Jahr, daß ich in dieser Offizin arbeite und
man ist mit mir zufrieden, der Prinzipal sagte noch
neulich, daß ich auf immer bei ihm bleiben könne.
Wohl, da ist aber Schneehuhn, dieser unglückliche
Mensch, der fortwährend an Magenkrämpfen und
Rheumatismus leidet. . . Es ist wahr, vom Bur=
gunder=Trinken und von Gänseleberpasteten=Essen

hat er seine Leiden nicht... Er ist eben ein Mar-
terthier, das sechs Junge zu ernähren hat. Und
weil ihm diese kleinen, rücksichtslosen Geschöpfe, in
denen schon der ganze Raubthieregoismus unserer
Race steckt, die Haare vom Kopfe fressen, so über-
arbeitet er sich bis er liegen bleibt. Was soll ich
nun thun? Ich muß sein Stellvertreter werden, sonst
schickt ihn der Factor fort und stellt einen Andern
ein. Und so ging es mir auch gestern. Der Schneehuhn mußte in dem Augenblicke zu arbeiten aufhö-
ren, als er die Local-Nachrichten setzte...

Er wurde bleich vor Schmerz und schließlich nach
Hause geführt. Vollenden Sie den Satz! sagte der
Factor. Verdammt sei diese Arbeit, aber ich that
es... Und dabei stieg mir die Wuth zum Kopfe
und als ich spät Abends fertig war, brannte es mir
in allen Adern..."

„Und um dieses Feuer des Hasses zu dämpfen,
gossen Sie Alkohol, Punsch und Wein darauf."..
unterbrach ihn der Arzt.

Wenzel schnitt eine sonderbare Grimasse:

„Das ist der Trieb der Bestialität."

„Und beim Nachhausegehen," fuhr der Doctor
nach einer kleinen Pause fort, „fanden Sie Ihren

kleinen Gast? .. Sie haben gestern Abend nur so
flüchtige, abgerissene Worte darüber fallen lassen."

„O, die Geschichte ist sehr einfach. Ich ging
aus der Offizin in das Wirthshaus „zum Laub=
frosch." Beim Nachhauseweg fand ich das kleine
Geschöpf in einer offenen Tonne vor dem Hinterge=
bäude des Gasthofs „zum Elephanten." Ich wickelte
es in meinen Rock, nahm es mit und das Uebrige
wissen Sie."

„Und was denken Sie mit dem Kleinen anzu=
fangen? Wollen Sie ihn seinen Eltern wieder zu=
rückschicken?"

„Eltern?" knurrte der Bärtige, „Meerkatzen,
Hyänen und Rabenbrut wollen Sie sagen! .. Bei
den Krokodillen des Nils, eher trage ich ihn wie=
der in seine Tonne... Eltern! .. O, ihr Bestien,
Bestien. .."

„Aber was wollen Sie denn beginnen, wenn
ihn die Seinigen zurückfordern?"

„Zurückfordern? Teufel, Sie mögen kommen.
Sie finden einen Hund oder eine Katze, die von ih=
rem Herrn fortgejagt worden ist, Sie nehmen sie
mit sich — werden Sie dieselben wieder herausge=
ben? Ich habe den kleinen Diogenes dort gefunden,

wie man ein herrenloſes Ding findet, das ſein Be-
ſitzer weggeworfen hat und deshalb iſt er mein!"

Ueber das ernſte Geſicht des Arztes glitt ein
leiſes Lächeln. . .

"Aber wie Sie ſich ereifern, lieber Wenzel, Sie
geberden ſich da, als hätten Sie irgend einen Schatz,
eine verlorne Geliebte, einen Edelſtein gefunden:
Und doch iſt es nur ein kleiner, zerlumpter Knabe,
ein Geſchöpf der Race, die Sie ſo tief haſſen und
im Keime vertilgen möchten — Sie Menſchenfeind...
Aber, wie ich Ihnen ſchon oft geſagt, Sie ſind in-
conſequent. Ihre Grundſätze und Theorien ſtehen
im grellſten Gegenſatz zu Ihren Handlungen. . .
Warum haben Sie, Menſchenfeind, den kleinen Diogenes nicht in ſeiner Tonne liegen und erfrieren
laſſen?" . .

Der Schriftſetzer, welcher während der Rede des
Doctors den Blick auf ſeine Taſſe geſenkt hatte, hob
raſch den Kopf und ſtarrte den Andern mit dem
Ausbruck wirklicher Verblüfftheit an. . .

"Erfrieren . . . laſſen . . ." ſtotterte er . . . "aber
das wäre ja . . ."

"Das wäre conſequent geweſen von Ihrem Standpunkt aus," warf der Doctor gelaſſen ein. . .

3*

Wenzel gerieth in sichtliche Verlegenheit. Seine Consequenz, seine Grundsätze waren sein höchster Stolz und mit einem Male sah er wie unter dem prüfenden und forschenden Blicke des Doctors seine menschenfeindlichen Principien zu Seifenblasen zu werden drohten. Plötzlich erhob der Schriftsetzer mit stolzer und siegreicher Miene das Haupt.

„Warum ich ihn mitnahm, fragen Sie, Doctor, warum ich ihn nicht erfrieren ließ? ... Ha, ha .. glauben Sie vielleicht, ich that es aus schwächlicher Humanität, aus weichlichem Mitleid mit dieser Race? .. Glauben Sie, daß ich, Ernst Wenzel, so leicht meine Grundsätze opfere, daß ich vergesse, was die Krokodillenbrut mir Alles gethan? .."

Und er blickte, die Arme über die Brust gekreuzt, den Doctor, der ihn aufmerksam betrachtete, mit einem imponirenden Blicke an.

„Ich nahm ihn mit, um ihn — ja hören Sie es, Doctor, um ihn in meinen Grundsätzen zu erziehen, um ihn den Haß gegen dieses Geschlecht einzuimpfen, um ihn zu meinem Schüler, zu einem Menschenfeind heranzubilden. .."

„Um dieses schöne Ziel zu erreichen," fuhr der Doctor nicht ohne ein leises, ironisches Lächeln fort,

„um aus diesen kleinen Blondkopf dort, der allmählig munter zu werden scheint und die kleinen Hände
aus dem Bette hervorstreckt, einen Timon zu bilden,
beginnen Sie seine Erziehung damit, ihm, für den
es noch nie ein Weihnachten gab, eine Bescheerung
zu veranstalten, in aller Frühe auszugehen, den Drechs
ler an der Straßenecke aus dem Schlafe zu pochen
und eine Schachtel hölzerner Viehheerden, ein Stecken=
pferd, eine Peitsche und Blechtrompete zu kaufen. . .
Still, still, lieber Wenzel, vertheidigen Sie sich nicht..
Unser Findling wird munter, lassen Sie uns rasch
den Baum anzünden und Ihre hölzernen Herrlich=
keiten aufstellen. .."

„Gut, gut . . . ." brummte der Schriftsetzer, die
Lichter anzündend, „Sie wollen mich mit Gewalt
als einen inconsequenten Menschen hinstellen. . . Aber
Sie sollen sehen, Doctor, daß der Ernst Wenzel
seine Grundsätze hat. . . Hätten Sie einen Blick an
die Wand geworfen," und er deutete auf die mensch=
lichen Thiergesichter, „so würden Sie keines solchen
Gedankens fähig sein. . ."

„In der That drei neue Acquisitionen!" rief mit
leiser Stimme der Arzt, indem er die drei letzten
Bilder der untersten Reihe betrachtete. . .

„Ich bitte Sie, wo treiben Sie nur alle diese wunderlichen Carricaturen auf. . . Wo haben Sie z. B. dieses lüsterne Fuchsgesichte im Domherrnkleide entdeckt . .?“

„Ein Geschenk unseres Redacteurs. . .“

„Von Harbungen?“ frug der Doctor, „läßt er sich denn wieder in der Offizin blicken, der Troglodyte, ich habe ihn in zwei Wochen nicht gesehen...“

„Es war vorgestern, als ich ihn sprach. . Doch sieh da, sieh da, unser kleiner Diogenes ist munter geworden.“

Der kleine Hans saß aufrecht im Bette und schaute mit blinzelnden Augen und den Ausdruck tiefster Verwunderung auf den leuchtenden Tannenbaum und die Christbescheerung.

Die blonden Haare fielen wirr über seine offene Stirn, von seinen Wangen glänzte jenes frische, duftige Roth der Kinderwange, das seinen Glanz von der Rose geliehen zu haben scheint und seine Händchen hatten sich unwillkürlich wie zum Gebet in einander gefaltet. . . Sein Nachtgewand war etwas wunderlicher Art. Als ihn Wenzel gestern Abend entkleidet und zu Bette gebracht, hatte er dem Kleinen eine seiner weißen, wollenen Unterjacken angezogen, die das Kind von den Schultern bis zu den Fußspitzen einhüllte.

Regungslos, mit zurückgehaltenem Athem betrachteten die beiden Männer das staunende Kind, welches seine Blicke unaufhörlich von einem Gegenstand zum andern schweifen ließ, von dem funkelnden Christbaum zu den bunten, glänzenden Spielsachen und von dem Spielzeug zu den beiden fremden Männern. . .

Wenn auch unter wüsten, rohen Menschen aufgewachsen, so war der kleine Hans doch ein kluges, verständiges Kind... Als er rings um sich das goldene Lichtmeer, die flimmernden Spielsachen, diese vielen, glänzenden Herrlichkeiten des Christbaums und die beiden fremden Männer erblickte, da dämmerte eine Erinnerung in seiner Kinderseele. . .

Es war an dem Morgen, da die kleine, bleiche Marie, seine Gespielin, begraben worden war. Als die Männer das todte Kind in den schwarzen Sarg gelegt und fortgetragen hatten, da hatte er die Mutter der kleinen Marie gefragt: „Du, kommt die Marie bald wieder?" Da hatte die Mutter weinend mit dem Kopfe geschüttelt und dem Kinde die Antwort gegeben: „Nein, Hans, die Marie ist hinauf zum lieben Gott gegangen."

Darauf hatte er die Frau gefragt, wie es da droben aussehe? Und da hatte ihm die Mutter der Marie, die eine arme aber brave Frau war, erzählt, wie schön es oben im Himmel beim lieben Gott wäre, wie da die Engel mit den kleinen Kindern spielten und viele, viele tausend Lichter dort oben flimmerten... Wie der liebe Gott aussehe, hatte er sie dann noch gefragt? Und da hatte sie ihm nach ihrer Weise eine Beschreibung gemacht und dem Kinde den lieben Gott geschildert, wie sie ihn auf dem Altargemälde der Kirche abgebildet gesehen, mit milden Zügen und langem, wallendem Barte. . .

Als sich der Kleine nun jetzt in der lichtumflossenen Welt sah, den glänzenden Baum, die Spielsachen und den bärtigen Mann erblickte, da kam ihm jene Erinnerung in die Seele und indem sich das Kind in dem Bette aufrichtete, frug es Wenzel mit seinen großen blauen Augen aufmerksam betrachtend:

„Nicht wahr, Du bist der liebe Gott . . . der die schönen Engel und Spielsachen und Lichter hat?"

Wenzel und der Doctor wechselten einen erstaunten Blick. Die Frage klang so überraschend in des

Kindes Munde. . . . Der Arzt näherte sich dem Bette
und die Hand des Kleinen ergreifend, der ihn mit
forschendem Blicke ansah, sprach er mit jenem milden,
wehmüthigen Lächeln, welches seinem sonst so ernsten,
düsteren Gesichte einen gewinnenden Ausdruck gab:

„Der liebe Gott sagst du? Nein, mein Kind, der
ist dort droben, wo die Sterne flimmern, da oben
hoch über dem Himmel. . . Wir aber sind noch auf
der Erde. . . Aber wie heißt du denn?" setzte er
nach kurzer Pause hinzu.

„Hans," antwortete der Knabe mit lauter Stimme,
„aber wer bist du? Heißt du auch Hans oder Fritz,
wie der Vetter . . . . der mich immer so schlägt,
wenn ich essen will?"

Wenzel, der mit einem gewissen eifersüchtigen
Gefühl die kurze Unterhaltung zwischen dem Doctor
und dem Kinde beobachtet, konnte sich nicht länger
zurückhalten. . .

Den Doctor bei Seite drängend und die kleinen
Hände des Bübchens ergreifend und sie mit seiner
kräftigen Rechten umspannend, rief er aus:

„Eine Bestie ist er, eine Meerkatze, eine Hyäne,
aber kein Vetter. . Wie heißt das Thier, Fritz sagst
du? Und er schlug dich, wenn du hungrig warst

und essen wolltest, bei allen Krokodillen des Nils, wenn er mir einmal unter die Hände läuft, ich werde ihm lehren, was man thun muß, wenn ein armes, kleines Kind Hunger hat."

Und in seiner Empörung gegen den Vetter preßte er die Hände des Knaben, daß diesem unwillkürlich ein leiser Schmerzensruf über die Lippen glitt.

„Aber Sie thun dem Kleinen weh, lieber Wenzel," sprach der Doctor, „Sie glauben wohl die Hände des Vetters zu drücken. . . ."

„Habe ich dir wehe gethan, mein Kind," rief Wenzel bestürzt, „schmerzt es dich . . . da, da," und er hielt dem Kinde seinen Kopf hin, „raufe mich, zause mir die Haare, rupfe sie mir einzeln aus . . . mir Tölpel, der dir die Händchen zerquetschte, mein armer, kleiner Hans."

Aber das Kind lachte schon wieder.

„Es thut nicht mehr weh . . . gar nicht . . und ich will dich nicht raufen. . . ."

Ueber Wenzel's verwitterte Züge flog ein Lächeln, ein seltner Gast in diesem Gesicht, wie ein heiterer, glänzender Sonnenstrahl.

„Es ist ein Engel von einem Kind, Doctor," raunte er dem Arzte zu, der mit tiefer Theilnahme die Scene betrachtete, „o, ber gehört nicht zu der Race, zu der Hhänenbrut. . Nicht wahr, Hans, du bleibst bei mir?"

Der Kleine besann sich einen Augenblick und frug dann:

„Aber wenn mich nun die Muhme holt oder der Vetter Fritz?"

„Sie sind fort" — antwortete Wenzel wieder mit auflodernder Entrüstung bei der Erinnerung an den Vetter, „weit fort, sie kommen nicht wieder... du bleibst immer bei mir, ich bin jetzt dein Vetter."

„Und darf ich dann mit den schönen Sachen dort spielen?"

„O, Doctor, was ich doch für eine Meerkatze bin," und der Schriftsetzer schlug sich mit komischer, verzweifelnder Geberde vor die Stirn, „stehe ich hier und quäle das arme Bübchen mit allerlei Albernheiten, während hier der Christbaum brennt und die Schafe und Pferde in Reihe und Glied aufmarschirt stehen. Da, mein Junge, nimm, greife zu, es ist Alles dein. . ." Und er hob den Knaben aus dem Bette und setzte ihn auf das Sopha dicht vor

ben Weihnachtstisch mit dem Christbaum und den
Spielsachen. . .

Das Kind warf leuchtende Blicke über die Bescheerung. Dann klatschte es freudig mit den Händen und rief:

„Ach, nun hungert mich gar nicht mehr .. nun
will ich auch kein Brod.“

Ein schallendes Geräusch, wie das einer derb niederfallenden Ohrfeige, unterbrach das Kind. . .

Es war Wenzel, der sich selbst ohrfeigte und
dabei wüthend ausrief:

„O ich Bestie, ich Vich, ich Meerkatzenge-
sicht!“

Das Kind warf einen ängstlichen, scheuen Blick
auf den neuen, bärtigen Vetter und rückte nach der
Seite hin, wo der Doctor stand, der gleichfalls
überrascht von diesem Ausbruch sich selbstprügeln-
der Wuth seinen Nachbar mit bedenklich-forschenden
Blicken betrachtete. . .

„Aber was ist Ihnen denn, Wenzel? . . . Was
sollen diese merkwürdigen Selbstgeißelungen bedeu-
ten? . . . Sie erschrecken das Kind .. es wird nicht

lange dauern und der Kleine wird anfangen sich vor
Ihnen zu fürchten, wie vor dem Vetter Fritz."

Bei diesen Worten wurde der Schriftsetzer mit
einem Male steif und unbeweglich wie eine Bildsäule und indem er seine Stimme zum leisesten
Flüstertone herabstimmte, lispelte er:

„Vor mir fürchten, Doctor ... nicht wahr,
das ist wohl nur Ihr Scherz... Nicht wahr,
Hans, du fürchtest dich nicht vor mir... Aber,
Doctor, bin ich nicht auch eine Bestie gegen das
Kind? Haben Sie gehört, was der arme Wurm
sagte? er wolle nun auch kein Stückchen Brod haben und es hungere ihn gar nicht mehr. Ich, Bestie,
ich habe mir schon den Magen mit Kaffee und Sem-
meln vollgestopft und das arme Geschöpf da, das
in vierundzwanzig Stunden keinen Bissen gegessen,
lasse ich hungern... Aber, da, da, mein Kleiner,
iß und trink, iß tapfer darauf los bis auf das letzte
Krümchen." Und er schob dem Kinde einen Teller
voll Kuchen und eine große Tasse warme Milch
hin...

Ueber des Doctors ernste Mienen zuckte wieder
jener Strahl wehmüthiger Freude und eine tiefe
Rührung blitzte aus seinen Augen...

„Laffen Sie uns Freunde bleiben, Wenzel," sprach er, dem Schriftsetzer die Hand drückend, „Freunde für's Leben und drüber hinaus... Wußte ich auch längst, was für ein Herz unter der rauhen Hülle schlägt, dieser Weihnachtsmorgen hat mir es in seinem ganzen Werth gezeigt... Wehren Sie nicht ab, Wenzel... Männer, wie wir, sagen sich nicht leere, nichtige Schmeicheleien, wie süß duftende Laffen sie coquetten Frauen in's Gesicht werfen... Sie sind ein braves Herz, Wenzel..."

„Aber ich begreife Sie nicht, Doctor... Deshalb, weil ich das Bürschchen nicht verhungern lassen will... Sie glauben wohl gar, es geschehe aus... aus... nun aus irgend etwas, mögen Sie es nun Mitleid, Menschlichkeit oder wie das dumme Zeug sonst heißt, nennen... Großer Irrthum, bei den Krokodillen des Nils! Purer Egoismus, Doctor, bei allen Bestien der Urwälder. Soll ich meinen Zögling, meinen Schüler, dem ich meinen Haß gegen diese menschliche Race einimpfen will, Hungers sterben lassen?.. Es wäre das eine blödsinnige Inconsequenz... Aber nun lange zu, mein Junge, iß und trink nach Herzenslust."

Der Kleine biß tapfer in den Kuchen...

„Ihr Zögling," wiederholte der Doctor. . . „Es ist wahr, Sie haben das erste Recht auf das Kind, das Sie einem sicheren Tode entrissen. . . Aber nicht wahr, mein Freund, Sie gestehen mir wohl auch ein kleines Anrecht auf den Kleinen da zu. Nun darüber wollen wir heute oder Morgen das Nähere bereden. Der Tag ist angebrochen und mein Beruf beginnt. . . Auf Wiedersehen, mein Freund, lebewohl, mein Kleiner. . ."

Schon an der Thür kehrte er noch einmal um.

„Noch ein Wort, lieber Wenzel. Wohnt Hardungen noch in seiner alten Wohnung?"

„Ich glaube, Doctor. . ."

„Ah, da hätte ich doch bald noch Eins vergessen. . . Der Kleine da braucht einen Feiertagsanzug. Wenn ich ausgehe, will ich in dem Kleiderladen unten an der Ecke etwas für unsern jungen Menschenfeind zusammensuchen. Lassen Sie dann das Bündelchen holen. . . Und nun noch einmal adieu, adieu!"

Wenzel drückte dem Doctor energisch die Hand.

„Bei allen Krokodillen des Nils, Doctor," schwur

er, die Linke pathetisch empor streckend, „unter allen den Meerkatzen, die auf unserm Erdball mit Menschengesichtern herumkriechen, sind Sie das einzige Individuum, welches ein Herz in der Brust hat... Ich bin eine Bestie, eine wilde Bestie, Doctor aber verlangt von mir, was Ihr wollt — ich gehöre Euch im Leben und Sterben. —"

Drittes Kapitel.

Magdalena, die Büßerin.

In einem mit zartem Geschmack ausgestatteten Boudoir saßen am Spätnachmittag des ersten Weihnachtstags, dessen Morgen wir in dem Mansarbenstübchen des Schriftsetzers Wenzel feierten, zwei junge Frauen in leiser, fast flüsternder aber lebhafter Plauderei begriffen. . . Die ältere derselben, deren Haupt in der auf den Rand des Fenstertisches ruhenden Hand lag, war die Frau vom Hause, die Ministerialräthin Mathilde von Olbers, die jüngere, auf einem niedrigen Schemel ihr zu Füßen sitzende, ihre Base Linda von Olbers. . .

Jetzt verstummte das Gespräch auf einen kurzen Moment und die Blicke der Frau von Olbers richteten sich auf ein Gemälde, das in breitem, glänzenrem Goldrahmen ihr gegenüber an der Wand hing. . .

Die letzten trüben Lichter des Wintertags fielen
auf das Bild, welches einen bekannten Vorwurf
aus der biblischen Geschichte: eine büßende Magda=
lena darstellte... Einem Fremden mochte das Ge=
mälde in dem Gemach einer Frau etwas auffällig
erscheinen, zumal, da es das einzige Bild im gan=
zen Zimmer war. Indessen trat man näher an das
Gemälde, so wurde sein Dasein an diesem Orte
weniger befremdlich. Denn wer ein scharfes Auge
hatte, konnte auf einem der bräunlichen Felsenstücke,
welche den Hintergrund bildeten, die Worte lesen:
Mathilde v. Olbers pinx: 185... Die Dame war
also selbst die Malerin; freilich nur die einer Co=
pie, denn das Original befand sich in dem großen
königlichen Museum und war die Schöpfung eines
berühmten Künstlers...

War es Zufall oder lag eine feine Coquetterie
der copirenden Künstlerin zu Grunde — einem ge=
nauen Beobachter mußten unwillkürlich gewisse Aehn=
lichkeiten in den Zügen der Magdalena und der
Ministerialräthin auffallen... Die Linien um den
Mund, die Form der Stirne, die Augen, gaben
dem Bilde eine überraschende Aehnlichkeit mit dem
Portrait der Frau von Olbers...

Vor Allem die Augen! Es waren schöne, große, braune Augen von langen, dunkeln Wimpern überschattet. Was aber diesen Augen einen ganz eigenthümlichen Zauber verlieh, das war der Ausdruck eines gewissen Schmerzes, verbunden mit dem eines sehnsüchtigen, zärtlichen Verlangens nach einem entschwundenen Glück, der in ihnen lag. Es waren die Augen einer büßenden Magdalena, an deren Seele der heimliche, scharfe Zahn der Reue über ein verlornes Leben nagt und zugleich die Augen einer Hero, die mit sehnsüchtigem Verlangen auf dem Geliebten harrt...

Eine leichte Blässe, von jener fast ätherischen Durchsichtigkeit, wie sie manchen Blondinen eigen ist, lag auf den Zügen der jungen Frau, die, ohne regelmäßig schön zu sein, den Blick des Betrachtenden durch das Geheimniß fesselte, das man hinter diesem zarten, blassen Antlitz mit dem romantisch-schwärmerischen Zug um den Mund und hinter den braunen, leidenschaftlichen Augen suchte...

„Stolzes Herz," flüsterte die junge Frau, die Augen von dem Gemälde auf das junge Mädchen zu ihren Füßen richtend, „diese Ideale träumt man sich mit achtzehn, neunzehn Jahren, bist du erst so

alt, wie ich, dann wirst du finden, daß man solche
Männer wohl in Romanen und Dramen, aber nicht
in der Wirklichkeit findet."

Linda erhob lächelnd ihr Haupt.

„So alt wie du? — Kehrt die Weisheit und
Erkenntniß des Salomo, daß Alles eitel und nich-
tig bei uns Frauen schon mit fünfundzwanzig Jahren ein? .. Oder willst du Schmeicheleien von
mir? O, Mathilde, wie coquett du bist. .."

„Still, kleine Schwätzerin," und Mathildens
feine Hand mit der fast durchsichtigen Weiße legte
sich auf den blühenden, stolz und keck geschnittenen
Mund ihrer Base, „und glaube meinen Worten,
meinen Erfahrungen, die ich vielleicht mit manchem
Schmerz meines Herzens erkaufte, mit mancher Illusion bezahlte, die dich aber vor mancher Täuschung bewahren werden. .." Und sie hauchte einen
Kuß auf die Schläfe des jungen Mädchens. . . Linda
blickte überrascht auf und strich sich mit der Hand
leicht über die Stirne. Es war ihr, als sei eine
heiße Thräne auf sie geträufelt. Daß Mathilde
nicht glücklich war, daß sie sich in Mitten des glänzenden Lebens, welches sie umgab, oft recht trau-
rig und schwermüthig fühlte, das ahnte Linda, ohne

daß Mathilde je mit ihr über den geheimen Grund
ihres Schmerzes gesprochen. . . Daß ihr aber der
Gram so tief im Herzen saß — so glühend ihre
Seele brannte, wie es die heiße Thräne verrieth,
das hatte Linda nicht geglaubt. Sie hatte den Haupt=
grund der verschleierten Schwermuth Mathildens
mehr in selbstgeschaffenen Quälereien, Täuschungen
und Einbildungen gesucht — diese Thräne aber ver=
rieth ihr, daß in dem Herzen ihrer Cousine ein
wirklicher, scharfer Schmerz mit spitzem Stachel
wühle. . .

Doch konnte es wohl auch eine Täuschung sein...

Mathilde lächelte ja, als sie Linda's forschendes
Auge auf sich gerichtet sah, und es war kein er=
zwungenes, sondern ein recht natürliches Lächeln,
mit dem sie fortfuhr:

„Doch was rede ich da, mein Kind... Ich er=
schrecke dich und betrübe dich durch meine Alt=Wei=
berklugheit. . . Du hast Recht, Linda, glaube mir
nicht, lebe fort in deiner Welt der Illusion, freue
dich an den Rosen, die dir dein junges Herz in dem
Garten des Lebens zeigt und erzähle mir, wie du
dir den Mann deines Herzens träumst. . .“

Linda richtete sich langsam auf und strich mit

leifem Lächeln die dunklen Flechten, welche ihre kluge,
helle Stirn umrahmten, zurück. . .

„Du willſt mich plaudern laſſen, wie man ein
Kind plaudern läßt, deſſen naive Erzählungen man
lächelnd anhört, ohne ihnen mehr Glauben und Auf=
merkſamkeit zu ſchenken, als nöthig iſt, um es nicht
weinen zu machen. . . Aber ich bin achtzehn Jahre
geweſen, Mathilde, ich bin kein Kind mehr, ich
werde . . .“

„In einem halben Jahre eine verheirathete Frau
ſein,“ fiel ihr Mathilde lächelnd in's Wort. . .

Ein Schatten flog über Linda's Stirn. . .

„Wer ſagt das?“

„Haſt du den Scherz meines Mannes von neu=
lich, als wir im Theater waren, vergeſſen?“

Linda's Wangen färbten eine leiſe Röthe. . .

„Dein Mann, liebe Baſe, iſt ein recht verſtän=
diger, kluger, welterfahrner Mann, aber wenn er
auch Alles verſteht, ſo wird er doch — du nimmſt
mir das nicht übel, Couſine, etwas nie verſtehen
lernen: den Flug eines ſchwärmeriſchen Frauenher=
zens nach der Sonnenhöhe des Ideals. . .“

Mathilde antwortete nicht, aber ſie ſenkte das
Haupt nachdenklich auf die Bruſt und ein leiſer

Seufzer rang sich aus ihrem Busen los; Linda aber
redete erregt weiter:

„Mein Vetter betrachtet Welt und Menschen nur
von seinem klugen Standpunkt aus... Er glaubt,
daß ein Mädchen von achtzehn Jahren und mit eini-
gem Hab und Gut ...“

„Mit drei Rittergütern,“ schaltete Mathilde ein,
indem sie sich lebhaft mit der Hand über Stirn und
Augen strich und sichtlich Zwang anthat, einen wach-
gerufenen Gedanken zu ersticken...

„Daß, sage ich, ein junges Mädchen kein eili-
geres Geschäft hat, als sich zu verheirathen... Von
diesem Standpunkt aus betrachtet er Alles, beur-
theilt jede ihrer Mienen, Geberden, Handlungen...

„Und vor Allem ihre Bewunderung,“ unterbrach
sie Mathilde, die sich in einen forcirten ironischen
Humor zu versetzen suchte, „vor Allem die Bewunderung, welche sie einem jungen, tecken, vielleicht
rücksichtslosen Manne zollt...“

„Keck, rücksichtslos nennst du das, Mathilde?..
O, mein Gott, wie verschieden doch die Begriffe
sind.... Ich, Cousine, nenne es kühn, muthig,
männlich... Würdest du, Mathilde, wenn du ein
Mann wärest, nicht ebenso gehandelt haben? Ver-

gegenwärtige dir nur den Vorfall. Eine Dame, jung, schön, elegant in ihrer Erscheinung, tritt in eine Loge, in welcher sich schon sieben bis acht Herren und Damen befinden. Kaum hat die Dame ihren Platz eingenommen, so nähert sich ihr einer der Herren und ersucht sie so laut, daß es alle Anwesenden hören, die Loge zu verlassen, indem sie andern Falls die Uebrigen zwingen würde, dies zu thun... Die Dame erbleicht und blickt den Aufforderer bestürzt und lautlos an. Aber noch ehe eine weitere Erklärung erfolgt, tritt ein Mann, der bishin im hintersten Winkel der Loge gesessen, zu dem Beleidiger der Fremden, faßt ihn beim Kragen und wirft ihn mit den Worten: „Herr, ich will Ihnen die Ausführung ihres Vorhabens erleichtern," zur Logenthüre hinaus... Darauf großer Tumult und Lärm. Einige der Frauen fallen in Ohnmacht und die Eine springt wie eine Megäre empor und ruft dem Schließer zu, seit wann es im Opernhause Sitte sei, dem Straßenpöbel die ersten Ranglogen zu öffnen... Doch was erzähle ich dir das Alles noch, du kennst die Antwort, die ihr darauf wurde, und den Schluß dieses Auftritts ja ebenso gut wie ich..."

Linda schwieg. Ihre Schläfe klopften, eine leb-

hafte Röthe färbte ihr sonst etwas blasses Gesicht
und ihre Augen blitzten vom Feuer innerer Erregung. . .

Mathilde zog schweigend die Linke des jungen
Mädchens an ihre Lippen und hauchte einen Kuß
darauf. . .

„Wie deine Hand brennt und deine Augen blitzen. . .
Kind, Kind, welch' heißes Blut durch deine Adern
rollt. . . Dank dem Himmel, daß du kein Mann
geworden. Mit deinem leidenschaflichen, stolzen, un-
beugsamen Wesen würdest du aus Händeln und Ver-
drießlichkeiten aller Art nicht herauskommen. . ."

„Wenn ich es doch wäre, ein Mann! Nicht einer
von denen, die sich schmiegen, bücken, drücken, die
da ängstlich herumkriechen und nach den Augenwim-
pern des Andern aufgucken. Nein, meine Mathilde,
solch ein furchtsames Wesen flößt mir Verachtung
ein. Herrschen müßte ich über sie, durch kühne
Thaten ihre Bewunderung erregen, und wenn ich
auch das nicht erringen könnte, so sollten sie mich
wenigstens fürchten. . ."

„Aber weißt du denn, liebe Freundin," frug
Mathilde mit einem leisen Beben der Stimme, „wer

jene Dame war, für die der Held deiner Träume
sich zum Ritter aufwarf?" ..

„Der Held meiner Träume? Mein Gott, Ma=
thilde, wie lyrisch du dich ausdrückst... Meinst du
wirklich, daß sich ein junges Mädchen stets in den
Mann, an welchem ihr irgend etwas, ein Charak=
terzug, eine Handlung oder sonst was gefällt, ver=
lieben müsse? .. Ich kenne noch nicht einmal seinen
Namen oder habe ihn schon wieder vergessen... Nur
von deinem Manne hörte ich, daß er ein Advokat
sei, der zugleich eine vielgelesene Zeitung schreibe...
„Was weiß ich, ich lese ja keine politischen Jour=
nale. .."

„Hardungen heißt er, ... er ist Redacteur der
Tribune, eines der verbreitetsten Journale der Haupt=
stadt. .."

„Was kümmert es mich," warf Linda gleichgül=
tig hin, „mich interessirte nur seine rasche, kühne
That, der Mann selbst ist mir gleichgültig, wie
hier die Figur auf deinem Nipptische. .. Doch du
sprachst da von der Dame," setzte sie etwas lebhaf=
ter hinzu, „weißt du, wer sie war?"

„Du wirst sie auch kennen, wenigstens par re=
nommee. Selma Schütz heißt sie. .."

„Wie, es ist die Schauspielerin?" . .

„Sie selbst. Noch vor zwei Jahren war sie an
der hiesigen Bühne engagirt und damals sowohl wegen ihrer Kunst, als Schönheit eine gewisse Stadt-
berühmtheit. Einige fatale Geschichten, die sich aber
damals ereigneten, besonders einige Duelle, zu denen sie die Veranlassung gegeben haben soll, erreg-
ten ein solches Aufsehen, daß sie sich veranlaßt fand,
die Bühne zu verlassen. . . Vor Kurzem ist sie
nun wieder hierher zurückgekehrt und ihr erstes Erscheinen im Theater verursachte jene Scene."

„Aber daran war sie wenigstens unschuldig. . .
Kann man sie für die Ungezogenheit jener Andern
verantwortlich machen. . ."

Mit einer strengen und zugleich traurigen Geberde und Miene antwortete die junge Frau:

„Du bist sehr nachsichtig, Linda. Das Leben
dieses Weibes birgt viele, viele Verwirrungen. . .
Das Aergerniß, welches sie gegeben — kommt von
ihrer Vergangenheit — darf sie einem Andern die
Schuld beimessen. . . Kennst du nicht das Wort:
Wehe dem, von welchem Aergerniß kommt?"

Linda blickte überrascht, betroffen auf ihre Cousine. Mathilde hatte die Augen nach dem Bilde,

droben an der Wand, aufgeschlagen und blickte unverwandt nach der Gestalt der Büßerin... Ein ge-
heimer Schmerz zuckte über ihre feinen, blassen Züge,
ein leiser Schauer ließ ihre Gestalt erbeben. ...
So tief ergriffen hatte Linda ihre Base noch nie
gesehen, noch nie ein so herbes Urtheil aus ihrem
Munde gehört... Eine ängstliche Verwirrung ergriff das junge Mädchen, welches ahnte, daß die
letzten Worte ihrer Freundin einen leisen Bezug auf
sie selbst enthielten und vielleicht weniger der Schauspielerin, als ihr — Mathilden selbst — galten.
Sie schlang ihren Arm um den Nacken der Freundin und indem sie deren Haupt an ihren Busen zog,
flüsterte sie beklommen:

„Fühlst du dich krank, Mathilde, soll ich den
Arzt rufen lassen, oder beängstigt dich sonst etwas?"

Mathilde schüttelte leise das Haupt und schmiegte
sich, zitternd vor innerer Erregung, in die Arme
und an den Busen der Freundin...

„Es ist Nichts ... bleibe bei mir ... eine Ner-
venschwäche, die bald vorübergehen wird..."

Eine stumme, minutenlange Pause folgte diesen
kaum hörbar hingeflüsterten Worten Mathildens...

Es klopfte leise an die Zimmerthüre...

Eine Dienerin trat ein.

„Der Herr Geheimerath läßt fragen, ob er den Damen seinen Besuch machen dürfe..?"

Linda blickte ihre Cousine fragend an...

Mathilde richtete sich langsam auf, strich, wie aus einem bösen Traum erwachend mit der Hand über Stirn und Scheitel und antwortete mit matter Stimme:

„Mein Mann wird uns stets willkommen sein... Doch zünde erst die Lichter an, Sophie."

„Ich störe doch nicht, meine Damen, wenn ich Sie in Ihrem Allerheiligsten aufsuche, ..." lächelte bei seinem Eintritt Herr von Olbers, ein feiner, gewandter Mann mit etwas kühlen Zügen, die sich nicht leicht in Aufregung bringen ließen. Nur um die Mundwinkel zogen sich zwei Linien, welche verriethen, daß auch dieser glatte, kühle Mann seine Leidenschaft und seine verwundbare Ferse habe...

Diese Linien und die coquette, auffallende Art, mit welcher er das rothe und das blaue Bändchen an seinem Fracke trug, ließen in Herrn von Olbers einen jener ungefährlichen Ehrgeizigen erkennen, welche nicht darnach begehren, ihren Namen durch gewonnene Schlachten, große Eroberungen, Revolutionen oder sonstige Staatsactionen, durch Erfindungen, Entdeckungen und unsterbliche Leistungen auf dem Gebiete der Literatur oder Kunst in das Buch der Geschichte einzutragen. Kleine Intriguen, große Gefälligkeiten und Aufmerksamkeiten gegen allerhöchste Personen, mittelmäßiger Fleiß und Begabung für seinen Beruf, das waren die Mittel, mit denen er seinen Ehrgeiz zu befriedigen suchte, seinen Ehrgeiz, dessen Ziele bunte Ordensbänder und volltönende Titel waren.

„Mein Vetter," nahm Linda für Mathilde das Wort, „bringt so viele interessante Neuigkeiten, daß er mir stets willkommen sein wird."

„Ah, Sie kleine Spötterin," lächelte Herr von Olbers, seiner Base galant die Hand küssend, „also nur deswegen. . . Aber warten Sie, warten Sie. Ich werde mich rächen und zwar auf der Stelle. . . Und wissen Sie wie? Dadurch, daß ich Ihnen eine sehr pikante Neuigkeit erzähle. . ."

Herr von Olbers, der allerdings gern Neuigkeiten, besonders, wenn sie etwas boshafter Natur waren, mittheilte, blinzelte bei diesen Worten seine Base Linda mit einem ironischen Lächeln an und fuhr dann fort:

„Sie erinnern sich doch noch, meine Damen,
des Vorfalls im Theater, ich glaube es war vor
vier oder fünf Tagen, jenes Scandals, welchen die
Schauspielerin verursachte — nun mein Gott, wie
heißt sie doch gleich, der Name schwebt mir auf der
Zunge... Richtig, Schütz, Selma Schütz..."

Mathilde, die bis dahin gleichgültig, fast theil=
nahmlos dem Wortgefecht zwischen ihrem Manne
und Linda zugehört, wechselte mit ihrer Base einen
raschen, erstaunten Blick...

Ein flüchtiges, unwillkürliches Erröthen zog über
Linda's Wangen. Auch die junge Frau wurde be=
fangen und verlegen und warf einen forschenden
Seitenblick auf ihren Mann.

Sollte er ihr eben geführtes Gespräch, welches
so schmerzliche Gefühle im Herzen der jungen Frau
geweckt hatte, belauscht haben?.. Doch Herr von
Olbers blickte so unbefangen, und nur auf die Wir=
kung seiner Neuigkeit gespannt, drein, daß Mathilde
diesen Verdacht sofort aufgab...

„Meine schöne Base Linda," fuhr Herr von
Olbers boshaft lächelnd fort, „wird sich wohl noch
der enthusiastischen Theilnahme erinnern, welche sie
für jenen jungen Mann aussprach, der sich in so

ganz mittelalterlich-ritterlicher Weise zum Vertheidiger der schönen Schauspielerin aufwarf?"

Linda, welche mit ihrem Vetter, über dessen
spöttelnde, boshafte Manier sie sich oft ärgerte, häufig in Wortkrieg gerieth, blickte diesmal wider ihre
Gewohnheit gelassen, die Achseln zuckend Mathilde
an, lächelte und nickte ihrem Vetter fortzufahren...

„Sie erinnern sich also noch," sprach Herr von
Olbers weiter, „der Begeisterung, mit welcher Sie
die kühne Mannesthat des Herrn Hardungen prie-
sen..."

„Vetter, unterbrach den mit boshafter Behaglichkeit Plaudernden plötzlich Linda mit ernsthafter
Miene, „Vetter, Sie wissen es gewiß schon, daß
Sie auf der Rautensliste derer stehen, die beim
nächsten Ordensfeste zu Neujahr dekorirt werden."

Herr von Olbers, an seiner erregbarsten Seite
berührt, vergaß mit einem Male seine Neuigkeit,
stutzte, reckte den Hals neugierig lauschend vor und
stotterte eilig fragend:

„Kind, reden Sie, wissen Sie vielleicht etwas
Bestimmtes... Sie sind mit der Tochter des Hof-
marschalls von Blinzen bekannt... sollte vielleicht
der Marschall eine Andeutung..."

Er stockte und streckte flehend die Hand aus, um
die Zunge des jungen Mädchens zu lösen. . . Ueber
Linda's Gesicht zuckte es wie Wetterleuchten, nur
mit Mühe hatte sie ihr Lachen unterdrückt, jetzt aber
brach es so frisch und lebhaft aus, daß selbst Mathilde davon angesteckt wurde. . . Dem Geheimerath, der nun wohl merkte, daß Linda ihm wieder
einmal düpirt, blieb nichts übrig, als mit verdrieß-
licher Miene einzustimmen. . .

„Verzeihen Sie mir, Vetter," bat noch immer
unter Lachen das muthwillige Mädchen, „aber Sie
sahen, als Sie eben Ihre piquante Neuigkeit erzähl-
ten, so glückselig aus, daß sich mir der Gedanke von
dem Orden mit aller Macht aufdrängte. Sie wissen ja, es giebt Menschen, die, wenn sie am glück-
lichsten, plaudern müssen. . ."

„Linda!" flüsterte Mathilde, welche den Ver-
druß ihres Mannes merkte, dem jungen Mädchen
zu. . .

Doch Herr von Olbers war schon wieder vollkommen seiner Herr. . .

Und indem er mit zäher Hartnäckigkeit wieder
auf den früheren Gegenstand zurückkam, fuhr er
Linda scharf fixirend fort:

„Piquant ist die Geschichte nicht nur, sie ist auch sehr moralisch. Ohne Ihre spaßhafte Unterbrechung würden Sie schon das Ende wissen. Ihr Held, der Advocat Harbungen, schien, als er sich der Dame so tapfer annahm, zu wissen, daß diese gegen solche Ritterdienste nicht gleichgültig ist. Seit drei Tagen ist dieser Herr Harbungen der erklärte leidenschaftlich angebetete Paladin der schönen Schauspielerin und heute Nachmittag sah man Beide in einer Equipage um die Promenade fahren. . .“

„Aber, Albert, wozu das Alles . . . was kann uns dies interessiren, was kümmert uns die Schauspielerin und der Advocat Harbungen . . .“ meinte Mathilde, deren Auge nicht entgangen, wie bei den letzten Worten ihres Gatten eine dunkle Wolke des Unmuths Linda's Stirn verdüsterte. . .

Herr von Olbers, welcher dieselbe Wahrnehmung gemacht, wendete sich mit einem eigenthümlich zufriedenen Lächeln gegen seine Gattin, zuckte die Achseln und spöttelte dann, während er sich bequem in die Ecke des Divans setzte:

„Mein Gott, es ist nicht des Interesses wegen, das man an diesem Menschen nimmt, sondern nur um auf dem Laufenden zu bleiben, wie die Kauf-

leute sagen. Und frägt dich zum Beispiel heute
Abend in der Oper eine Bekannte nach der neu=
sten Neuigkeit, so kommst du nicht in Verlegenheit."

Mathilde lächelte über dieses Selbstironisiren
ihres Mannes, Linda aber sprach zu ihrer Cousine
sich wendend mit einem Tone, aus welchem die in=
nere Erregung, wenn auch unterdrückt und versteckt,
hervorklang:

„Es ist doch ein kleinliches Geschlecht, dieses
Menschenvolk unserer Zeit. Nichts als niedrige, an
der Erde klebende schmutzige Schlingpflanzen, in
welchen sich der Fuß verwirrt, kein einziger stolzer
Baum, der kühn und frei zum Himmel hinauf=
strebt. . ."

„Was wollen Sie, gnädigste Cousine? Die Ce=
dern des Libanon stehen nicht mehr und sind gefällt
von der Axt oder dem Wurme. Das ist der Lauf
der Welt. . . Die Zeit der großen, stolzen Eichen
ist vorüber, nur das kleine Gesträuch ist's, das ge=
deiht. . ."

„O! sehr wahr, nur zu wahr, Herr Vetter. . .
Klein, sehr erbärmlich klein ist das Gesträuch. . .
Aber ich habe Kopfweh, Mathilde, verzeihe, wenn
ich gehe . . . ich will versuchen, ob ich auf meinem

5 *

Zimmer einen Augenblick schlummern kann." Und das junge Mädchen umarmte ihre Cousine und küßte dieselbe mit leidenschaftlicher Zärtlichkeit auf Stirn und Wangen... Frau von Olbers erwiderte diese Liebkosungen mit gleicher Herzlichkeit und indem sie ihren Mund dicht an das Ohr des jungen Mädchens legte, flüsterte sie ihr zu:

„Beruhige dich, mein süßes Herz, du kennst ja seine Art... Im Grunde denkt er doch nicht so und er liebt es nun einmal zu übertreiben, zu carrikiren..."

Um Linda's Mund zuckte ein kaum merkliches, stolzes Lächeln, dann strich sie leicht mit der Hand über die Stirn und empfahl sich mit einem kühlen Gruß ihrem Vetter...

Herr von Olbers blickte ihr mit einem schlauen Lächeln nach...

„Du hast ihr wehe gethan, sie in ihren Lieblingsideen gestört und verletzt, Albert," kehrte sich Mathilde mit leichtem Vorwurf in Stimme und Geberde gegen ihren Gatten, als sich die Thür hinter Linda geschlossen hatte...

Der Geheimerath nickte selbstzufrieden und rieb sich mit einem behaglichen Gefühl die Hände...

„Hab' ich das, mein Kind, meinst du wirklich?
. . Und glaubst du, daß ich unsere kleine Schwär-
merin kurirt habe. . . Ah! das wäre ein schnelle-
res und günstigeres Resultat, als ich hoffte. . .“

Die junge Frau blickte ihren Mann fragend an. . .

„Ich verstehe dich nicht . . . Albert. . .“

Herr von Olbers rückte seiner Gattin näher,
legte, eine seltene Zärtlichkeit, seinen Arm leicht um
ihre Taille und raunte ihr mit einem gewissen, geheimnißvollen Ausdruck zu:

„Es war Arznei, nichts weiter. Und ich glaube,
sie wird wirken. . . Kind, das verstehst du nicht,“
fuhr er lauter fort, als er den verwunderten fragenden Blick seiner Frau sah:

„Diese Schwärmerei hätte sehr unbequem und
störend werden können. . . Linda ist neunzehn Jahre
gewesen, im nächsten Sommer wird sie, nach unsern Landesgesetzen, mündig. Sie steht zugleich in
dem Alter, in welchem die Heirathsgedanken bei den
Mädchen, wie die Pilze, nach einem warmen Som-
mernachtsregen emporschießen. . .“

Mathilde machte eine Geberde. Ihr Gatte aber
ließ sie nicht zu Worte kommen. . .

„Ich weiß schon, was du sagen willst. Linda

ist eine Männerfeindin und denkt nicht an's Heira=
then. . . Aber das ist gerade der gefährlichste Um=
stand. . . Wäre Linda ein Mädchen von alltäglicher
Art, so könnte man darüber lachen. Es giebt in
jedem Mädchenleben eine Periode, in welcher sie die
Männer haßt und die Ehe als eine Zwingburg der
Thrannei betrachtet. . . Aber Linda's Abneigung
entspringt aus einer andern Quelle. . . Sie ist ro=
mantischer Natur. Das Ungewöhnliche zieht sie an.
Alles Extravagante, wenn es nur sonst sich in ein
anziehendes Gewand kleidet, fesselt sie. . . Die Ge=
schichte mit dem Advokat Hardungen ist ein schla=
gender Beweis für meine Behauptung. Würde ein
anderes junges Mädchen von Linda's Stellung in
der Gesellschaft sich einem derartigen enthusiastischen
Gefühlsausbruch hingegeben haben? . . Linda sah
aber in ihm den Paladin, den kühnen, muthigen
Mann, der, unbekümmert um das feige Gesindel,
nur dem Rufe seines tapferen Herzens folgt. Waren
das nicht ihre eignen, excentrischen Worte? Von
der Bewunderung bis zur Liebe ist es bei solchen
Naturen nur ein Schritt. . . Sie träumt sich da
ein Ideal und spinnt sich in das ideale Traumge=
spinnst so hinein, daß sie beim besten Willen nicht

wieder herauskann. . . Oder hältst du es etwa,"
schloß der Geheimerath, indem er seine Gattin mit
einem schlauen Blick von der Seite betrachtete, „für
so unmöglich, daß das Fräulein Linda von Olbers,
die Besitzerin dreier Rittergüter, von denen ein jedes wenigstens siebenzigtausend Thaler werth ist,
daß diese reiche Erbin nie auf den Gedanken kommen könnte, Frau Advokat Harbungen zu werden?.."

Die Geheimeräthin lächelte seltsam.

„Und glaubst du wirklich, daß dies, vorausgesetzt,
es ist gegenseitig Liebe vorhanden, ein so entsetzliches
Unglück wäre?"

Der Geheimerath, durch diese unerwartete Antwort überrascht, hatte eine heftige Entgegnung, vielleicht die erste, welche er seiner Gattin gegeben, auf
der Zunge. Aber diese kam dem Ausbruch zuvor,
indem sie rasch einlenkte:

„Indessen, wozu darüber sich den Kopf zerbrechen. . . Ja, wenn es ein berühmter Mann wäre.
Linda hat einen edlen Stolz... Was kann er diesem
bieten, er ein unbekannter Advokat und Zeitungsredacteur! Ich bitte dich, Albert, lasse Linda nie
einen solchen Scherz hören, ich glaube, sie wäre
im Staube. . ."

„Den Spaß in Ernst zu verwandeln," fiel ihr
der Geheimerath in's Wort. . . „Ich sehe wohl,"
fuhr er in selbstgefälligem Tone und mit der Linken
den schönen, runden, weißen Arm seiner Gattin strei=
chelnd, fort, „ich sehe wohl, du kennst die Welt
nicht. . . . . . . Advokat, Zeitungsschreiber! wie
das so leicht von der Lippe fällt. . . Aber glaube
mir, Kind, wenn du weniger lyrische Gedichte und
mehr Zeitungen läsest, so würdest du bald merken,
daß dieses Volk der Advokaten und Zeitungsschreiber
heute einen gewissen Einfluß übt, welcher unser Einem
bald förderlich, bald sehr hinderlich sein kann. Die
guten alten Zeiten, in welchen der König befahl und
die Raisonneure entweder in die Montur oder in's
Hundeloch gesteckt wurden, sind leider vorbei. . .
Man muß Rücksichten gegen dieses Volk nehmen
und glaubst du wohl, Mathilde, daß vielleicht selbst
ich gezwungen bin, diesen Harbungen zu einen mei=
ner nächsten Abende zu laden?"

„Zu uns? . . Ich begreife dich nicht, Albert. . ."

„Staune nicht zu sehr und blicke mich nicht so
ungläubig mit großen Augen an. . . Es ist eine
pure Geschäftsangelegenheit, die ich dabei im Auge
habe;" fuhr er mit einem pfiffigen Lächeln fort, „wie

ich dir schon sagte, man muß sich mit diesen Menschen auf gutem Fuß setzen... Ich habe da von
dem Finanzminister die Ausarbeitung eines Steuer-
projects übertragen bekommen ... ich werde dann
den Entwurf in der Kammer als Regierungscommissar
vertheidigen müssen — enfin," brach er plötzlich ab,
„es ist gut, wenn man sich mit diesem bissigen Feder-
vieh verträgt..."

Es trat eine kleine Pause ein. Die junge Frau
blickte nachdenklich auf die Diele, während Herr von
Olbers mit langsamer Behaglichkeit aus einer schönen, goldnen Dose eine kleine Priese wohlriechenden
Tabaks nahm und diese körnchenweise in die Nase
schnippte...

Nachdem er mit dieser Manipulation zu Ende,
stand er auf und ging mit lebhaften Schritten, die
Hände kreuzweise auf dem Rücken zusammengelegt,
in dem Zimmer auf und ab...

Als er sechs oder sieben Male das Gemach so
durchschritten, blieb er dicht vor seiner Frau stehen
und frug, sich zu ihr mit einem diplomatischen Lächeln niederbeugend:

„Wird dir meine Operation nun erklärlicher...
Ich kann Dem nicht ausweichen oder es verhüten,

daß Hardungen in unserm Hause mit Linda zusam=
mentrifft. So viel als mir von dem Zeitungsschrei=
ber bekannt, ist er ein kecker, unternehmender Avan=
turier. Bei Linda's Ansichten und Grundsätzen, bei
ihrem excentrischen Wesen. . ."

„Das ist es nicht, Albert," fiel ihm hier Ma=
thilde in's Wort, „du beurtheilst Linda nicht ganz
richtig. . ."

„Nenne es wie du willst," fuhr der Geheimerath
fort, „um den Namen wollen wir uns nicht strei=
ten. . . So viel wirst du mir aber zugestehen, daß in
Linda etwas Abnormes, Unberechenbares, nicht mit
den gewöhnlichen conventionellen Anschauungen Ueber=
einstimmendes steckt. . . Wie leicht hätte sich da nun
zwischen Jenem und ihr etwas anspinnen können,
was meinen Plänen mit Linda sehr — sehr hinder=
lich hätte werden können. . . So habe ich ihr einen
Dégoût gegen den Helden ihrer Bewunderung ein=
geflößt, der zwar als bittere Arznei, aber sehr heil=
sam wirken wird. Man nennt das ein Paroli
biegen."

Mathilde betrachtete ihren Gatten mit immer
mehr wachsendem Erstaunen. . .

„Deine Pläne mit Linda, sagst du? . . Aber was sind denn das für Pläne, Albert?"

Der Geheimerath nahm eine wichtige Miene an, zog die Augenbrauen in die Höhe und legte den Zeigefinger an die Nase:

„Kennst du das Wort des großen Staatsmannes: Reden ist Silber, Schweigen ist Gold. . . Vielleicht habe ich schon zu viel geplaudert, aber es ist so interessant, eine so reizende und liebenswürdige Vertraute zu haben," fügte der Geheimerath mit galanter, fast an das Zärtliche streifender Geberde hinzu und küßte die Hand seiner jungen Gattin. . .

Ein leises, trübes Lächeln spielte um Mathildens Mund — und ein Seufzer rang sich aus ihrer Brust los. . .

„Aber nicht wahr, mein Freund," flüsterte sie, „das Vertrauen muß auf Gegenseitigkeit gegründet sein. . .? Würdest du meine . . . ."

Da traf ihr Blick eine lächelnde Geberde ihres Mannes. Ueber ihr Gesicht flog ein seltsames Zucken, wie es verhaltenem Lachen oder — Weinen vorhergeht.

Mathilde aber lachte, sie lachte laut und lebhaft und wenn es einem geübteren Ohr auch nicht so ganz natürlich geklungen hätte dieses plötzliche Lachen der jungen Frau, wenn ein anderes schärferes Ohr auch einen schrillen Ton durch das Gelächter hindurch klingen gehört, einen Ton, wie von einer zerrissenen Saite, die während eines lustigen Adagio's reißt — Herr von Olbers rieb sich vergnügt die Hände und lächelte:

„Nicht wahr, ich habe es errathen, dein Geheimniß... Du wolltest unser vertrauliches Geplauder benutzen und mir zu verstehen geben, daß du gestern auf deinem Weihnachtstisch ein gewisses Diadem vermißt, ein Diadem, wie es auf dem letzten Balle beim Justizminister die Frau von Brand trug... Aber beruhige dich, mein Kind... Du hättest es schon gestern auf deinem Tische gefunden, wenn dem Juwelier nicht eine Perle noch gefehlt, eine seltene, prächtige Perle, die erst heute aus Amsterdam angekommen ist und die er noch einfügen muß. Ich habe sie gesehen... es ist ein reizendes Juwel... Bist du nun zufrieden, mein Herz? . · .“

„Ich bin es,“ flüsterte Mathilde mit einem Seufzer und indem sie ihr Gesicht an die Schulter ihres Gatten verbarg.

In diesem Augenblicke pochte es leise an die Thür des Boudoirs...

Der Diener des Geheimeraths trat ein...

Auf einem silbernen Teller überreichte er seinem Herrn eine Adreßkarte...

„Ah!" rief der Rath, indem ein zufriedenes Lächeln über seine Züge flog...

Und indem er seiner Frau die Adreßkarte überreichte, fügte er hinzu:

„Es ist dies die Einleitung zu einer Bekanntschaft, die mir sehr nützlich werden kann... Der Mann hat auf sich warten lassen. Er wurde schon seit vierzehn Tagen in der Hauptstadt erwartet. Betrachte dir den Mann genau, wenn er zu uns kommt — er wird, wie man sagt, eine große Rolle spielen. Sein Einfluß auf eine allerhöchste Person, der er von früher her bekannt, soll ganz außerordentlich sein." —

Mathilde warf einen Blick auf die Adreßkarte... Aber sie hatte kaum mit ihrem Auge den Namen gestreift, als sie erbleichte, die Augen schloß und zurück in die Kissen des Divans sank.

„O, mein Gott, wieder einer ihrer Nervenzufälle!" rief der Geheimerath erschrocken aus, indem er vol-

ler Bestürzung mit der Handschelle dem Kammer=
mädchen seiner Gattin läutete...

„Es ist nichts ... gar nichts ...,“ stammelte
Mathilde, sich mühsam wieder fassend, „einer jener
Nervenzufälle, an denen ich so oft leide...“

Der Name aber, welcher auf der glatten, ele=
ganten Adreßkarte stand, lautete: Dr. Joseph Mare=
campus, Director der Privatmuseen Sr. Majestät. —

Viertes Kapitel.

Marecampus.

Die Wachskerzen waren tief heruntergebrannt und warfen ein flackerndes, ungewisses Licht auf einen Mann, der in ernstes Sinnen versunken noch in später, mitternächtlicher Stunde vor seinem Arbeitstische saß. . .

Seine schlaff herabhängende Linke hielt ein Zeitungsblatt, die Rechte stützte das Haupt, ein ausdrucksvolles, charakteristisches Haupt... Papiere und erbrochene Briefschaften bedeckten die Platte, eine aufgeschlagene Bibel, zu welcher zuweilen die Augen des sinnenden Mannes hinüberglitten, lag auf dem Rand des Tisches. . . Ein weiter, faltiger Hausrock, von dunkler Farbe, umschloß seine Gestalt wie ein Talar; dazu die baretartige Form der Hausmütze auf dem dunkellockigen Haare und die alterthümliche in einem Spitzbogen zusammenlaufende Wölbung des Gemachs — auch eine weniger rege Phantasie würde in dem Manne am Pulte eine Art Faustgestalt erblickt haben, die hier sitzt, verloren im Brüten über das Unendliche... Seine Züge, energisch und bedeutend, waren verdüstert; aus dem dunklen Auge sprühte, wenn sein Blick das Zeitungsblatt streifte, ein zorniges Feuer, das nur ein einziges Mal mit einem verächtlichen Lächeln abwechselte, welches das Bewußtsein einer sichern Ueberlegenheit verkündete...

Es war still im Gemache. Nur die tiefen Athemzüge, welche sich aus der Brust des Einsamen hervorrangen, unterbrachen das nächtige Schweigen...

Draußen stürmte der Nordwind und beugte die hohen Wipfel der Bäume des Gartens und trieb Schneegestöber und dürre, abgerissene Zweige gegen die Scheiben der Fenster...

Der einsame Denker erhob sich und trat an die Brüstung.

Vor ihm lag die große, volkreiche Stadt, aus deren Mitte ihm die Zinnen des königlichen Schlosses, von dem Licht des Mondes übergossen, entgegen glänzten...

Lange hafteten seine Blicke an den silbernschimmernden Kuppeln und Thürmen des Pallastes und stolzer erhob sich sein Haupt. . . Doch war diese Empfindung nur vorübergehend. Wieder sprühte jenes düstere Feuer aus seinen Augen und indem sich seine Blicke von dem Königsschlosse auf die aufgeschlagene Bibel richteten, wiederholte er mit gedämpfter Stimme die Mahnung des Propheten:

„Niemand glaube seinem Nächsten, niemand verlasse sich auf Fürsten; bewahre die Thüre deines Mundes vor der, die in deinen Armen schläft. . .“

Er hatte die letzten Worte dieser prophetischen Warnung mit murmelnder, fast unverständlicher Stimme gesprochen. Es war, als wären sie ihm unwillkürlich über die Lippen gekrochen... Er schrak zusammen, warf einen scheuen Blick um sich und streifte mit seinem Auge die Wände. . . Doch er war unbelauscht. Er zog die Falten seines Gewandes fester an sich und maaß mit lebhaften Schritten das Gemach. . . Es war offenbar: er wollte seinen Gedanken eine andere Richtung geben, wollte gewisse, durch jene Worte wachgerufene Erinnerungen verscheuchen. . . Aber es gelang ihm nicht. . .

Immer tiefer versenkte sich seine Seele in die

Nebel der Vergangenheit, immer dichter umwoben
sie sein Haupt und leises Selbstgespräch murmelte
sein Mund... Es waren nur einzelne Glieder der
verborgenen Gedankenkette...

„Die Macht des Wortes bestrickte sie... Warum
lauschte sie so gierig meiner Rede? Warum hatte
er ihrer Seele nicht mehr Energie eingeimpft?..
Sie war schön ... ihre Schönheit berauschte mich ...
und er, dem sie einst angehören sollte, gehörte zu
jenen Widersachern, die ich auf's Blut hasse...
Der Schlag traf ihn in's Herz ... sie auch... Aber
bin ich schuldig? Sollte ich eine ganze Zukunft voll
Kampf und Sieg dieser Pflicht opfern?“..

Er hielt inne und sprach nach einem kurzen Schweigen weiter:

„Fünf Jahre ... eine Spanne Zeit im Welten-
leben und eine Ewigkeit für dieses kurze Menschen-
dasein... Welche Wandlungen im Geiste schaffen
sie! Zwischen damals und heute ein einziges kurzes
Lustrum ... und was liegt Alles zwischen jetzt und
damals?“

Seine Schritte lenkten sich gegen eine Truhe, im
gothischen Styl kunstreich gearbeitet. Es war das
Geschenk eines hohen, fürstlichen Gönners... Der

Schlüssel zu dieser Truhe, welche eine Menge ge-
heimer, sinnreich verborgener Fächer enthielt, kam
nie von der Brust des Mannes, wo er an einer
feinen, goldenen Schlangenkette befestigt war. . .

Er öffnete den äußern Deckel. . . Dann drückte
er an einen kleinen silbernen Knopf und eine in ein
zweites Fach kunstreich eingefügte Kapsel sprang hervor. Er hob den obern Theil der Kapsel ab und
ein Medaillon mit einem Portrait, ein paar ver-
welkte Blumen und einige zerknitterte Briefe fielen ihm
in die Hand. . . Gleichgültig legte er Blumen und
Briefe bei Seite, zog die Wachskerze näher heran
und betrachtete, sich in den Sessel zurücklehnend,
das Bild mit einem leisen ironischen Lächeln. . .

„In fünf Jahren, behaupten die Naturforscher,
soll sich des Menschen Körper vollständig abgenutzt
und wieder erneuert haben. . . Ob auch das Herz
diesen Proceß erduldet? . . . Sicher, sicher. . . Fünf
Jahre . . . eine Spanne Zeit und auch eine Ewigkeit. . .

Er legte die Hand auf die Brust und neigte das
Haupt ein wenig nach vorn, als wollte er die Schläge
seines Herzens zählen. . .

„Wie das Blut ruhig und gleichmäßig durch seine

Kammern zieht. . . Vor fünf Jahren freilich war
es noch anders. . . Wenn ich damals diese Züge
betrachtete, fluthete es, wie ein Lavastrom in meinen
Adern, alle Fibern meines Leibes zitterten und dehn=
ten sich und meine Seele, mein Leben lag in den
Augen, wenn ich sie sah... Und jetzt? Es sind noch
dieselben sanften, schönen schwärmerischen Augen, die=
selben blonden Locken, dieselben reizenden, lieblichen
Züge, derselbe schöne Mund mit den blühenden Lip=
pen . . . und doch klopft das Herz so ruhig, als
wäre das Bild nicht ihr Portrait, sondern das einer
indischen Pagode. . ."

Sein Blick fiel von dem Bildniß auf die Briefe
und Blumen. . .

Es waren schlichte Wiesenblumen, Veilchen,
Maaßblümchen und Vergißmeinnicht. . . Ein ver=
blaßtes rothseidnes Band, vielleicht im Augenblicke
der Erregung von dem Sommerhute oder der Bu=
senschleife getrennt, hielt die welken, dürren Blü=
then und Blätter, die zum Theil schon in Staub
zerfallen, locker zusammen. . .

„Sie hatte die alten, wie die modernen Heiden
gut studirt. Sie kannte den Ovid, wie den Goethe;
sie hatte die ars amandi, wie den Faust gelesen. .

War das nicht die Sternblume, mit welcher sie jenes
Spiel trieb, das seit Gretchen alle schwärmerischen
Coquetten treiben. . . Und wie sie mir dann in die
Arme flog. . . Ein munterer Sommervogel. . . Es
war in der Laube des Parks, da wo die Bildsäule
der Diana stand. Und hinter der Statue stand er,
er, dem sie als Braut Treue gelobt. . . Die Treue
eines Weibes! . . . Die Blüthen hatte er gezeitigt
— die Frucht fiel in meine Hand." Ein häßliches
Lächeln verunstaltete bei diesen Worten seine Züge.
„Aber er hatte an sie geglaubt, wie jeder verliebte
Thor. . . Und wie er sie anblickte, stumm und starr
und sie niederstürzte am Fuße des Steingebildes. . .
er schleuderte mir seinen Handschuh in's Gesicht. . ."
Eine dunkle Röthe färbte bei dieser peinlichen Erinnerung die Stirn des Mannes. . . Er klemmte die
Lippen zusammen und in seinen Augen blitzte ein
rachsüchtiges Feuer. . .

„Ich hob den Handschuh nicht auf und er nannte
mich einen Feigen. . . Feig? Weil ich mich nicht
vor die Spitze seines Degens oder die Mündung seiner Pistole stellte. . . Beschränkter Kopf, der nur
darin die Probe des Muthes findet. . . Der Muth
jedes betrunkenen Rekruten. . . Vielleicht treffe ich

ihn noch einmal auf meinem Lebenswege und dann...
Er hielt inne und sprang unmuthig sich schüttelnd
auf, als wollte er eine widerwärtige Last abwer-
fen...

„Hinweg mit diesen Nebelbildern einer kleinlichen
Vergangenheit! Große Ziele winken und fordern meine
ganze Kraft; was zerarbeite ich mein Gehirn mit
diesen abgeblaßten Erinnerungen, mit diesem welken
Plunder..."

„Die einzige Sorge, die mich noch zuweilen drückte,
die Erbschaft jener Vergangenheit, schwimmt in diesem Augenblicke auf den Wellen des Oceans — sie
wird nimmer wiederkehren... Narr, der ich bin,
mit solchen Nichtigkeiten mich abzuquälen... Ich
glaube es ist der Moderduft und der Staub', der
von den welken Dingen da aufsteigt und mir den
Kopf umnebelt... Hinweg mit dem Staub, geh'
zu dem Staube..." Und er warf die vertrockne-
ten Blumen und das verblaßte Seidenband in das
Kamin... Ein Aufzüngeln der Kohlenglut, ein
paar dünne, leichte Rauchwölkchen, welche empor-
wirbelten — und verschwunden waren diese Pfänder
einer verhängnißvollen Leidenschaft.

„Rauch ist alles irb'sche Wesen, nur die Götter blei-

ben ſtät," murmelten die Lippen des Mannes, der
noch einen Augenblick ſinnend den Rauchwölkchen
nachſchaute... Einen Moment ſchien er unentſchloſ⸗
ſen, ob er die Briefe und das Medaillon demſelben
Auto⸗da⸗Fé weihen ſollte, aber er beſann ſich und
ſchloß Beides wieder in die Truhe, indem er dabei
die Worte ſprach:

„Scripta manent... Vielleicht können mir
dieſe Briefe einſt nützlich ſein... Man darf keine
Waffe aus der Hand geben..."

Die Gedanken des Mannes kehrten zu dem frü⸗
heren Gegenſtand ſeines Nachdenkens zurück, zu einem
Artikel der Zeitung, die er in der Hand hielt.

Das Blatt führte den Titel „die Tribune" und
war eines jener im großen Styl gehaltenen deutſchen
Journale, wie wir ſie in unſerm Vaterlande ſeit 1848
haben entſtehen ſehen...

Ein einziger kleiner Artikel war es, welcher je⸗
nen Zorn wachgerufen, der aus den Augen des Man⸗
nes ſprühte, als wir ihn dort an ſeinem Schreib⸗
tiſche erblickten... Dieſer, am Rande mit Rothſtift
angeſtrichene Artikel enthielt auch folgenden Satz:
„Wir leben nicht mehr in jenen Zeiten, wo Einzelne
die Geſchichte machten, in jenen Epochen der Völker⸗

entwicklung, wo wenige Männer die Träger großer
Ideen waren, wo die Masse im dumpfen Instinkte
dem Führer blindlings folgte, mochte er nun Mo-
ses, Mahomet, Gregor oder Huß, Lykurg, Solon,
Cäsar oder Karl der Große heißen. Seit in Wit-
tenberg ein Mann erstanden, welcher die Fackel der
Vernunft an dem Scheiterhaufen anzündete, auf
welchem die Dokumente hierarchischer Anmaaßung
aufloderten — seit diesem Tage hat der blinde Auto-
ritätsglaube, der Glaube, der auf den Einzelnen
schwört, auf jenen Einzelnen, der als geistiger Saul
um viele Kopfeslängen über allem Volke emporzu-
ragen glaubt, keine Stätte in Deutschland mehr.
Die Zeiten, wo der Einzelne für die Masse dachte,
die Völker für sich denken ließen, sind vorüber, für
immer vorüber. . . Diese Wahrheiten mag sich der
Verfasser des Aufsatzes: „Die neue Rotte Korah"
im „Glaubenswächter" in's Gedächtniß zurückrufen."
Der einsame Mann las den Satz zu wiederholten
Malen durch, und warf dann das Blatt mit einer
zornigen Geberde von sich.

„Das ist die Weisheit, die sie jetzt feil bieten
auf dem Markte. Mit der sie den Pöbel füttern
und ihm schmeicheln. Tropfenweise flößen sie ihm so

das Gift der Empörung ein. . . Aber ich will ihnen beweisen, daß sie gelogen haben. . ."

Er preßte die Hände gegen seine heiße Stirn.

„Du hast dir eine große Aufgabe gestellt, Joseph
Marecampus," sprach er in leisem Selbstgespräch
vor sich hin, „eine Aufgabe, vor welcher Tausende
zurückschrecken würden . . . siehe zu, daß du nicht
strauchelst. Ueber die Geschicke von Millionen zu
gebieten. . . Der Erste zu sein, der Erste und der
Einzige, an dessen Mund das Schicksal eines Reichs
hängt. . ."

„Du! Und wer warst du? Wer bist du? Hervor
gegangen aus dem, was sie den Staub nennen, die
Niedrigkeit der Welt... Geworden, was du bist durch
eigne Kraft. . ." Er ließ die Hände sinken und richtete sich stolz empor. Ein wildes, ehrgeiziges Feuer
brach aus seinen Augen.

„Geworden durch mich selbst," wiederholte er
noch einmal und seine ganze Gestalt dehnte und
streckte sich, „durch mich selbst, wie die dort." Und
seine Blicke hefteten sich auf zwei Portraits, die
über seinem Arbeitstische hingen. . . Das eine dieser Bildnisse trug die Unterschrift: Felix Peretti,

das andere: Armand Duplessis, Cardinal-Herzog von Richelieu.

Er streckte die Hand gegen die beiden Bildnisse aus, als wollte er die Schatten dieser Männer beschwören, ihm beizustehen in seinem Werke.

„Geworden durch dich selbst," wiederholte er nach einer Weile tiefen Schweigens, „und die Gnade des Herrn," setzte er dieses Mal hinzu...

„Aber noch ist das Ziel nicht erreicht. Du stehst noch auf der ersten Stufe, die zweite und dritte mußt du noch ersteigen... Darum Geduld, Beharrlichkeit und Vorsicht. Der Director der königlichen Museen darf es noch nicht wagen, seine Hand nach dem Siegel des Reichs auszustrecken, aber die Zeit wird kommen, sie muß kommen."

Wieder versank er in tiefes Nachsinnen... Pläne, Entwürfe, Ideen in buntem Wechsel zogen an ihm vorüber...

„Ich muß in's Reine mit mir kommen," sprach er gedankenvoll vor sich hinblickend weiter, während seine Hand mechanisch in den Briefschaften wühlte, welche in einem Fache seines Arbeitstisches lagen...

„Der Kampf darf nicht eher beginnen, als bis ich meinen Plan festgestellt... Ich hasse das Un-

gewisse, jenes Ding, das man Zufall nennt, dessen
Discretion sich aber blos die Schwachköpfe anver-
trauen. . ."

Da fiel sein Blick auf einen Brief, welchen
seine Hand eben aus der Menge vieler anderer Papiere hervorzog. . .

Eine gewisse Betroffenheit, die aber bald einem
ironischen Lächeln wich, zeigte sich in seinem Gesicht.

„Scheint es doch fast, als wollte mir der Zufall
seine Macht in demselben Moment fühlen la ssen. .
Soll ich ihm folgen den Wink?" Und er heftete seine
Augen auf das nur leicht beim Erbrechen verletzte
Siegel des Briefes. Es war ein sauber und fein
gearbeitetes Stück: eine Thiergruppe vorstellend.
Ueber einem Lamm und einem Wolfe, welche harm-
los und einträchtig neben einander standen, schwebte
mit ausgebreiteten Flügeln ein Adler.

„Es sind gewaltige Kräfte, über die sie gebieten,"
murmelte er, indem er die Thiergruppe betrachtete,
„und ihr Arm streckt sich von einem Ende Europa's
bis zum andern, über das Meer hinüber, nach China,
wie nach Amerika. Ich kenne ihre Macht, die bis
hinauf zu den Stufen der Throne, wie bis hinunter

zu den Hütten der Bettler reicht. . . . Aber wer bin
ich ihnen, was sind sie mir, wenn ich den Vertrag
eingehe? Sie die Herren, ich das Werkzeug. Ich,
der willenlose Diener, welcher ihre Befehle unterwürfig ausführt. Nein, nein, ich will meine eigenen Wege gehen, durch eigene Kraft siegen, nicht
als Werkzeug eines fremden Willens emporgetragen
werden. . . . Vor allem muß die Wünschelruthe, welcher sich die Welt beugt, in meiner Hand sein —
das Andere kommt von selbst. Aber wo finde ich
diese Zauberruthe? . . . ."

Er ließ den Kopf sinnend auf die Brust sinken. . .
Draußen rauschte der Nachtwind und trug die Klänge
des ersten Frühgeläutes, das den Anbruch des zweiten Weihnachtsmorgens verkündete, über die große,
weite Stadt herein in das stille Gemach. . . . . .

Bei diesem Klange hob der einsame Mann sein
Haupt mit einer raschen, begeisterten Geberde. Ein
dunkles Feuer, das Feuer des Fanatikers sprühte aus
seinen Augen als er die Arme empor gegen den
flimmernden Nachthimmel streckte und mit siegesge-
wissem Tone ausrief:

„Giebst du mir ein Zeichen, mein Herr und
Gott, daß du mit mir bist und meine Schritte

lenkſt? Geſchieht doch Alles um dein Reich wieder
aufzubauen und neu zu gründen, in Mitten dieſer
Reiche Babylons. . . Ja, nun weiß ich's, ich werde
ſie finden und ſollte ich hinunter in die Tieſen der
Hölle ſteigen oder ſie herunter von den Höhen des
Himmels holen. . .

„Du aber, Jehovah," fuhr er nach einem kurzen
Schweigen im Tone eines Betenden fort: „Du Gott
der Macht und der Stärke ſtehe mir bei in meinem
Thun und meinem Werke, daß ich nicht ſcheitere und
zum Geſpötte des Pöbels werde."

Seine Arme ſanken wieder, der begeiſterte, fana-
tiſche Ausdruck ſeiner Züge wich ſeiner gewöhnlichen,
ſtolzen, ſelbſtbewußten Miene. . .

Sah man ihn jetzt, ſo würde ſelbſt der er-
fahrenſte Menſchenkenner, der die heimlichſten Gedanken aus der Bruſt herauslieſt, in dieſem Manne
keinen Schwärmer geſucht haben, der ſeine Willens-
ſtärke und ſeine Kraft zur That aus gewiſſen über-
ſinnlichen Vorſtellungen holte, welche im Vereine
mit einer energiſchen Leidenſchaft das Thun dieſes
Mannes beſtimmten und ihn auf ſeiner Lebensbahn
nach einem Ziele ſtreben ließen, ſo hoch, daß tau=

send Andere bei dem bloßen Gedanken daran von
einem betäubenden Schwindel befallen worden wären.

Die Extase war verschwunden, der Mann am
Schreibtische wieder der berechnende Plänemacher...

Sein Blick traf auf's Neue die Zeitung, in deren
Spalten jener Artikel stand, welcher ihn so leidenschaftlich aufgeregt hatte.

„Harbungen nennt er sich," sprach er bei sich,
„der Name ist mir nicht unbekannt... Schon ehe
ich hierher kam, hörte ich von dem Einflusse, welchen er durch sein Blatt, die „Tribune" auf gewisse breite Volksschriften ausübt... Der Mann
versteht jedenfalls sein Handwerk. Die breiten Schich-
ten, die Massen sind es ja wie er sagt, die jetzt
die Geschichte machen, Reiche gründen und umstür-
zen, sei es auch nur durch den friedlichen Act des Vote
universel. Ein vortrefflicher Lehrmeister der Mann
in den Tuilerien. Ein Lehrmeister für die Völker,
wie für die Fürsten... Und auch er ward — Alles durch sich selbst... Freilich, freilich, ihm arbeitete der Ruhm eines großen Namens vor, während ich allein auf mich selbst, ganz auf mich selbst
angewiesen bin...

Doch Muth, Muth, Joseph! Gab es nicht einen

Mann, der Richelieu hieß und der herrschte, wie ein König, wenn er auch selbst keine Krone trug?.."

Lange noch beschäftigten ihn derartige glühende Phantasien und gewaltsam mußte er sich endlich aus diesen Träumen reißen.

„An die Arbeit, Joseph!" rief er sich zu, „an die Maulwurfsarbeit zuerst, an die stille, heimliche, welche den Boden untergräbt, auf welchem die Baalsgötzen stehen, an die Maulwurfsarbeit, welche uns den Schacht zeigen soll, in welchem die goldne Wünschelruthe, der erste Schlüssel zur Macht liegt...

Und er vertiefte sich in seine Papiere und Briefschaften. —

Als der erste Strahl des kalten, trüben Wintermorgens in sein Gemach fiel, saß er noch immer bei dem flackernden Schimmer der Kerzen. —

Fünftes Kapitel.

Selma, die Schauspielerin.

Es war acht Tage später. . . Die Festfreuden, sowie die Neujahrsgratulationen vorüber und Alles wieder in dem früheren Gleise. Die Arbeiter bei der gewohnten Arbeit, die Müssiggänger im gewöhnlichen Müssiggange.

In einem Stubirzimmer, dessen nicht gerade malerische Unordnung eine darin hausende Junggesellenexistenz verrieth, saß in einem hellfarbigen, von Tintenflecken hie und da marmorirten Schlafrocke ein Mann an seinem Schreibtische, zwischen Zeitungen, aufgeschnittenen Broschüren, wirr durcheinanderliegenden Stößen neuer noch nicht aufgeschnittener Werke, auf deren Umschlag in Rothschrift das Wort „Recensionsexemplar" zu lesen war und schrieb mit fliegender Eile den Schluß eines Leitartikels für die nächste Zeitungsnummer. . . . Draußen schneite und stürmte es. Der Nordwind schüttelte von seinen Flügeln ganze Wolken von Schnee herab auf die Stadt und blies die Menschen so kalt und scharf mit seinem eisigen Hauche an, als wollte er sie in Eisgestalten verwandeln. . . .

In der Stube des Zeitungsschreibers merkte man freilich nichts von der Kälte und dem Nordsturm, der durch die Straßen jagte. . . . In dem eisernen Ofen prasselte ein tüchtiges Feuer und auf der einen Seite des Schreibtisches stand eine Kanne heißen Kaffee's, der seine aromatischen Düfte durch das Zimmer und geraden Wegs in die Nähe des kleinen wunderlichen Geschöpfs sendete, welches wenige Augenblicke nach Entfernung der alten Aufwärterin leise die Thür geöffnet hatte und in's Zimmer geschlüpft war. . . .

Der Zeitungsredacteur, in seine Arbeit vertieft, hatte von dem Dasein des kleinen Wesens keine Ahnung und schrieb eifrig weiter. So mochten zwei bis drei Minuten vergangen sein, als das kleine Wesen an zu husten fing und mit feiner, frischer Kinderstimme anhob:

„Ein Kompliment an den Herrn Doctor und ob mein Vetter bald den Leitartikel bekommt?"

Der so plötzlich Angeredete drehte sich rasch um, betrachtete die kleine seltsame Erscheinung mit staunendem Blick und brach dann in ein lautes Lachen aus...

„Wie auch du, jugendlicher Eskimo, auch du weißt schon etwas von Leitartikeln?" rief der Redacteur, ein junger Mann von achtundzwanzig oder dreißig Jahren, mit lustigem Humor, „auch du stehst schon im Dienst der sechsten Großmacht und dienst ihr, wenn auch nur in der bescheidenen Stellung eines Laufburschen — aber wer bist du denn?"

Diese Frage an den kleinen Burschen, der mit vieler Unbefangenheit die Anrede des Zeitungsschreibers angehört, hatte ihre volle Berechtigung, ebenso, wie die Bezeichnung Eskimo, welche Harbungen, so hieß der Redacteur, dem Kleinen gegeben, eine sehr treffende war. Eine Mütze von Fischotter mit breitem Schirm und großen Ohrklappen verbarg Kopf und Gesicht so vollständig, daß nur die äußerste Spitze der Nase sichtbar war. Um den Hals war ein dicker, brauner Shwal von grober, aber desto wärmer haltender Wolle gewickelt, die Hände steck-

ten in Fausthandschuhen von Seehundsfellen, welche
bis zum Ellbogen reichten, der Leib in einem dicken,
langhaarigen Kalmuckrock, welcher, bis zu den Knö-
cheln reichend, von der Bein- und Fußbekleidung
nur schwarze, dicke Filzschuhe sehen ließ...

Harbungen stand auf und betrachtete mit einiger Verwunderung dieses kleine Menschenkind in
dem Grönlandfahrerkostüm, welches auf den Leitartikel für seinen Vetter wartete...

„Wie heißt du also, mein Eskimo?" lachte er,
„und wer ist dein Vetter?.."

„Ich heiße Hans ... und mein Vetter ist der
Herr Wenzel."

In den Zügen des jungen Mannes zeigte sich
eine leichte Ueberraschung...

„Ah," rief er, indem er den Kleinen noch auf-
merksamer betrachtete, „das ist der kleine Kasper
Hauser, von dem mir mein Freund der Doctor
Schilden erzählte... Die Weihnachtsbescheerung,
welche unser braver Wenzel in einer leeren Tonne
auf der Straße fand ... sieh, sieh, mein junger
Diogenes. Aber da müssen wir doch nähere Bekanntschaft mit einander machen..." Hans, wel-

7*

cher wußte, daß sein Vetter auf ihn wartete, trippelte unruhig hin und her. . .

„Ohne Sorge, Hans," lächelte Hartungen,
den Knaben zu sich auf den Schooß ziehend, „dein
Vetter bekommt seinen Leitartikel noch zur rechten
Zeit . . . aber wird es dir denn nicht zu warm in
deiner Eskimo-Tracht," und er nahm dem Kleinen
dabei die Fischottermütze ab und streifte ihm die
Handschuh ab. . .

Ein zweites, verwundertes Ach! entschlüpfte ihm.

Solch liebliches Kindergesicht mit den dunkel-
blauen Augen und dem weichen, blonden Haar hatte
er nicht unter der Pelzkappe vermuthet.

„Du bist ja ein prächtiger Bursche," und er betrachtete den Knaben wohlgefällig, „wie alt bist du
denn, kleiner Hans?"

„Vier Jahre," antwortete das Kind, während
es seine Augen unverwandt auf den Seitentisch richtete, wo zwischen Papieren, Büchern und Kupfer-
stichen die Kaffeekanne mit dem Semmelkörbchen
stand. . . Harbungen, der dem Blicke des Knaben
gefolgt war, holte das Kaffeeservice mit dem Back-
werke.

„Bist hungerig, mein Kleiner, hast noch nicht gefrühstückt? . .“

Aber der kleine Hans schüttelte lebhaft sein Lockenköpfchen. . .

„Vetter Wenzel hat mir heute schon viel Milch und viel Semmel gegeben . . . ich bin gar nicht hungerig. . . Aber willst du mir nicht das Bild da geben?“

Und der Kleine deutete auf einen Kupferstich, welcher neben der Kaffeekanne lag und eine jener berühmten Thiercarricaturen des genialen Malers Grandville war. . .

„Ah! daran erkenne ich den ächten Zögling meines Timons, meines Menschenfeindes. Da nimm das Fuchsgesicht im Pfaffenkittel und schenk' es beinem Vetter und da nimm das noch dazu und kaufe dir einen Pfefferkuchen und ein Steckenpferd. . .“

Aber Hans wies das Geldstück mit einer entschiedenen Geberde zurück.

„Nun du willst nicht?“ frug Harbungen erstaunt.

„Ich bin doch kein Bettelmann . . .“ meinte der Knabe, indem er den Zeitungsschreiber mit seinen klugen Augen anblickte. . . Und als Harbungen frappirt von der Antwort schwieg, fuhr der Kleine fort:

„Weißt du, der Vetter hat gesagt, nur die Bet-
telleute ließen sich Geld schenken. . ."

„Er hat Recht, dein Vetter Wenzel," entgegnete
Hardungen, die Hand bewegt auf des Knaben Haupt
legend, „und nun gehe und bringe ihm den Leitartikel und grüße ihn von mir." Und fort trippelte
der Kleine nach der Buchdruckerei, welche ganz in
der Nähe, am Ende der Straße, sich befand. Das
Kind brachte hier den ganzen Tag zu. Es ging mit
Wenzel früh von Hause fort und kehrte Abends mit
demselben heim. In der Druckerei saß er in der
Ecke auf einer Fußbank dicht neben dem Platze, wo
Wenzel arbeitete und vertrieb sich mit einem Bilder=
buch, das ihm Wenzel bescheert, die Zeit. — Aber
bald genügte ihm das nicht. Da er rings um sich
immer vom Arbeiten reden hörte, so wollte er auch
arbeiten und sich in seiner Art nützlich machen, und
als heute zufällig keiner der Laufburschen zur Hand,
um das Manuscript für Wenzel vom Redacteur zu
holen, denn Schneehuhn war noch immer krank und
der Menschenfeind hatte noch immer nicht zu seinen
naturgeschichtlichen Bestien zurückkehren können, hatte
der kleine Hans nicht eher geruht, als bis ihm der
Schriftsetzer den Willen gethan. . .

Daß das Bübchen dabei nicht erfror, dafür hatte Wenzel's Fürsorglichkeit im vollsten Maaße gesorgt... Seit diesem Tage ließ es sich der kleine Hans nicht mehr nehmen, jeden Morgen aus der Wohnung des Redacteurs die Manuscripte zu holen... Wenzel mußte sich in diesem Punkte dem Willen des sonst so gehorsamen Kindes fügen — ein Umstand, der, wie wir später sehen werden, einen verhängnißvollen Einfluß ausüben sollte...

Nach der Entfernung des Knaben kleidete sich Harbungen an, hüllte sich dicht in den Mantel und eilte lebhaften Schritts durch die Straßen...

Es war ein weiter Weg von seiner Wohnung bis zu dem schmalen, eleganten Hause, in einer der innern Vorstädte gelegen, an dessen Thüre er endlich stehen blieb. Ein lebhafter Zug an dem Glockenstrang und die Thür öffnete sich...

„Zu Hause?" frug er mit bezeichnender Geberde.

Die Dienerin bejahte!..

„Und allein?"

Das Mädchen flüsterte mit verlegener Miene einige kaum verstänbliche Worte. Harbungens Blick entging dieses Befangensein nicht, seine Stirn verdüsterte sich und ohne an die Zofe eine weitere Frage

zu richten, eilte er durch das Vorgemach und durch
einen kleinen Corridor nach dem Boudoir der Schauspielerin. Rasch und ohne anzuklopfen trat er in
das Gemach. . .

Frau Selma Schütz, die einst in der Hauptstadt sowohl wegen ihres Spiels, als ihrer Erscheinung so gefeierte Künstlerin saß in der Ecke des
Sopha's, Gutzkow's „Wally" in der Hand. . .

Es war eine Frau von dem Alter, in dem gewisse Weiber, besonders Künstlerinnen, am gefährlichsten für viele Männer sind: das heißt in den
Jahren zwischen achtundzwanzig und dreißig... Dabei vereinigte sie in einem eigenthümlichen Gemisch
die charakteristischen Merkmale der Blondinen und
Brünetten... Sie hatte das üppige Haar einer
Blondine, mit jenem glänzenden Goldschimmer über-
haucht, der diese Art von Frauenköpfen im Sonnenschein wie mit einem gewissen Glorienschein um-
strahlt, das dunkle Auge der Brünette und einen
Teint von reiner, wenn auch etwas ermatteter
Blässe. . .

Ihre Züge waren nicht regelmäßig, der Mund
besonders hatte einen etwas kühnen Schnitt; leck
und voll aufgeworfen... Um die Mundwinkel und

um die Augen einen Zug von übermüthiger Laune und Begehrlichkeit. . .

.Ihre Figur: Hals, Schultern, Busen waren von vollendeter Plastik; den Ausdruck ihrer Augen zu beschreiben, wäre ein bedenkliches Unternehmen; aus ihnen sprachen die verschiedenartigsten Empfindungen, welche in raschem Wechsel die leidenschaftliche Seele dieser Frau bewegten. Nur eine Eigenschaft ihrer Augen sei erwähnt: sie hatten Blicke, die wie Feuerflocken in die Seele fielen und einen Sturm leidenschaftlicher Gefühle wachriefen, Blicke wieder, die wie Eiszapfen in das warme Herz drangen, es wie vom tödtlichen Frost gepackt zusammenschauern ließen. . . Diese Augen hatten viel Unruhe in die Welt geschleudert, diese Blicke — sie sollten noch mehr erregen. . .

Eine sanfte Zärtlichkeit malte sich in ihren Augen, als sie Harbungen eintreten sah, sie erhob sich und eilte ihm mit lebhafter Geberde der Freude entgegen.

„Ah, das ist herrlich, daß du kommst, Bernhard, zwei lange, lange Tage habe ich dich nicht gesehen. . . Glaube es mir, mein Freund, ich habe mich recht, recht sehr nach dir gesehnt. . .“

Und sie zog ihn zum Sopha, setzte sich auf einen niedrigen Schemmel zu seinen Füßen und blickte ihn mit einem Ausdruck sanften Vorwurfs an, in dem zugleich die Gewißheit zärtlicher Verzeihung lag...

Sie hatte dabei ihren Kopf auf seine Kniee gestützt und seine Hand an ihren Mund gepreßt...

Harbungen duldete diese Liebkosungen ohne sie irgend wie, weder durch einen Blick, noch durch eine Geberde zu erwidern, die düstere Wolke, welche sich bei jenen halblautgeflüsterten Worten der Dienerin auf seiner Stirn gelagert, war noch immer nicht verschwunden...

Nach einem schnellen, scharfen Rundblick durch's Zimmer antwortete er:

„Du hast dich wenigstens nicht gelangweilt und darfst dich wohl auch während meiner Abwesenheit nicht über Einsamkeit beklagen... Aber was ist das für ein unangenehm stechender Geruch? Du klagst seit einiger Zeit über Brustleiden und in deinem Zimmer riecht es nach Tabak, wie in einer Studentenkneipe — und dazu nach jener abscheulichen Cuba-cigarre, welche der Hauptmann Klingen raucht... gewiß war er diesen Morgen bei dir?" Und er

richtete bei dieser scharf und schnell gethanen Frage
einen forschenden Blick auf die Schauspielerin. . .

Diese lachte laut auf, vielleicht um ihre Verlegenheit zu verbergen und Zeit zu einer Antwort
zu gewinnen. . .

„Mein Gott, mit welchem Tone und welcher
Miene du das aussprichst . . . man könnte denken,
du wärest eifersüchtig auf diesen armen Hauptmann
Klingen und den liebenswürdigen Victor von Wol-
lowsky. . .“

„Der Narr von Geigenspieler war also auch
hier?“ . . .

„Pour la grâce de dieu, mit welchen Augen
und welcher Stimme er das sagte. . . Aber soll ich
denn, mein tapferer Ritter Bayard, wie eine Nonne
oder ein Sultansweib leben und mich vor keinem
andern Mannesantlitz als dem Deinigen zeigen?“..

„Spiele keine Komödie, Selma, du kannst bei
dir empfangen, wen du willst, nur diese Beiden sehe
ich nicht gern hier.“

„Und warum gerade sie?“ . .

„Weil der Eine, der Hauptmann,“ unterbrach
sie Hardungen mit starker Stimme, „ein Schuft und
der Andere ein ausgemachter Narr ist, der sich, wenn

man seiner Schwachheit und Eitelkeit schmeichelt, zu
Allem gebrauchen läßt..."

Ueber das Gesicht der Schauspielerin zuckte ein
blitzschnelles schlaues Lächeln, dem aber sofort wie=
der die unbefangenste Miene folgte.

„Du bist wohl etwas ungerecht in deinem Ur=
theil, Bernhard... Der Hauptmann hat zwar kein
liebenswürdiges Aeußere, er mag auch eine wilde,
stürmische Vergangenheit hinter sich haben, allein
jetzt scheint er doch dem wüsten Landsknechtsleben ent=
sagt zu haben... Du mußt gerecht sein, Bern=
hard... Von Jugend auf Soldat, Soldat von
Handwerk, hat er in verschiedenen Armeen gedient
und dabei mag wohl so Manches hängen geblieben
sein, was dich verletzt... Aber soll ich mein Ur=
theil in kurzen Worten abgeben: ich halte ihn für
einen alten, ehrlichen Haudegen, dem nur noch et=
was von den Lagersitten und dem Bivouac anklebt."

Harbungen lächelte spöttisch, recht beleidigend
spöttisch und kräuselte sich dabei den Schnurrbart.

„Merkwürdiges Privilegium, welches diese alten
Landsknechte haben... Alle Welt nennt sie ehr=
liche, derbe Haudegen, etwas rüde zwar, nach Ta=
bak und Kornschnaps riechend, aber von offenem

Charakter. . . Und so ein Kerl von der Art, wie dieser Hauptmann Klingen ist, der drei oder vier verschiedenen Potentaten gedient, verkauft sein Blut und seine Knochen zu jedem Dienst, den die brutale Gewalt begehrt. . . Dieser Mensch hat dem Don Carlos und dem Bombenkönig von Neapel gedient, dem Pascha von Aegypten und dem schuftigen Santa-Anna in Mexico und jetzt ist er hier und giebt Gastrollen, als ehrlicher, alter Haudegen, wie in einem Iffland'schen Stücke. . ."

„Du giebst also zu, daß es hauptsächlich politische Ansichten sind, welche dich gegen ihn einnehmen? . ."

„Zum Theil — aber eine Hauptsache ist, daß dieser Klingen auch in seinem Privatleben verschiedene dunkle, sehr dunkle . . . Doch," unterbrach er sich rasch, „solche Dinge darf man nicht zur Aufbewahrung auf Weiberzungen legen, genug, wenn ich dir sage, daß es ein mauvais sujet ist, vor dessen Umgang du dich hüten mußt und dem ich nicht wieder hier in diesem Hause begegnen mag. . . Du kennst mich, Selma," fügte er in drohendem Tone hinzu . . . „es würde eine Scene geben, die dich vielleicht wieder zum zweiten Mal in's Exil bringen

und aus den Mauern dieser Stadt auf immer ver-
bannen würde. . ."

Harbungen mußte sich eine große Gewalt über
dieses leidenschaftliche Weib zutrauen, daß er sich
ihr gegenüber eine solche Sprache erlaubte. . .

Hätte er indessen in dem Augenblicke, wo er ihr
dies sagte, ihre Züge beobachtet, hätte er ihr schnel-
les Erbleichen und Erröthen und den funkelnden
Zornblick gesehen, den sie auf ihn schoß, als er die
Anspielung auf jene Duelle machte, welche Selma
Schütz die Bühne und diese Stadt zu verlassen zwan-
gen — er würde vielleicht ein beschwichtigendes, mil-
derndes Wort beigefügt haben. . .

Aber er hatte nichts bemerkt und Selma war
eine zu gute Schauspielerin und hatte eine erstaun-
liche Macht in der Beherrschung ihrer Züge... Ja,
als Harbungen noch einmal seine Warnung wieder-
holend hinzusetzte:

„Weise ihn also ab, ein für alle Mal, Selma...
Denn ich wiederhole es, begegne ich ihm noch ein-
mal hier, so wird es einen Auftritt geben und die
Schwelle dieses Hauses wird nach Blut riechen —"
da bat sie in ängstlich besorgtem Tone: „Um des
Himmels willen nur das nicht, Bernhard, bei mei-

ner Liebe zu dir, nichts Gewaltthätiges. . . Kein
Blut, kein Blut mehr; es ist schon genug geflossen."
Und sie schauerte zusammen und verhüllte sich das
Gesicht mit den Händen. War es ein unwillkürli=
ches Entsetzen, das sie packte — oder war es wie=
der Komödienspiel? . .

Vielleicht beschäftigten Hardungen, der wohl
mußte, wie Wahrheit und Komödienspiel so innig
in der Natur dieses Weibes verschmolzen waren,
daß sie selbst vielleicht nicht mehr mußte, wo das
erstere aufhörte und das letztere begann, vielleicht
beschäftigten ihn diese Gedanken, als er sie so for=
schend betrachtete. . .

Sie aber fuhr nach einer kurzen Pause in ängst=
lich flüsterndem Tone, indem sie sich dabei zärtlich
an den jungen Mann schmiegte, fort:

„Du weißt vielleicht nicht, daß dieser Klingen,
den du da mit so schwarzen Farben schilderst, einer
der gefährlichsten Duellanten ist. . . Man spricht
von drei oder vier Rencontrés, die alle mit dem
Tode seiner Gegner geendet haben sollen. . . Und
hast du noch nie die seltsame, magische Gewalt be=
merkt, welche zuweilen in seinem Blicke liegt? . .
Dieser starre Blick mit der sich unheimlich erwei=

ternden Pupille, der mich regungslos erstarren läßt, o Bernhard, ich bitte dich, ich beschwöre dich, vermeide ein Zusammentreffen mit diesem Manne, auf dessen Degenspitze das Leben von so vielen..."

Harbungen, dem vielleicht eine dunkle, unbestimmte Ahnung von der Absicht der Sprechenden durch die Seele ging, sah die schöne, ängstlich erregte Frau mit einem leisen, ironischen Lächeln an, das sie plötzlich verstummen machte.

„Aber, mein liebes Kind," setzte er dann in heiterem, spöttischem Tone hinzu, „wenn du in der That solche Besorgnisse für mich hegst, warum machst du deiner Angst nicht mit einem Male ein Ende und verbietest dem Hauptmanne dein Haus? .. Doch wir wollen aufrichtig gegeneinander sein, Selma," und sein Ton wurde wieder natürlich, fast warm, „dich kettet eine kleine Leidenschaft an diesen Menschen... Man hat mir erzählt, daß du am grünen Tische in Wiesbaden und Homburg eine der hitzigsten und leidenschaftlichsten Spielerinnen unter den pointirenden Damen gewesen sein sollst... Auch der Hauptmann, als alter Landsknecht, ist dieser Leidenschaft verfallen... Aber hüte dich vor ihm. .. Ich habe ihn einst, es war das erste Mal,

wo ich mit ihm zusammentraf, spielen sehen, selbst
gegen ihn gesetzt. . . Ich verlor an dem Tage Alles, was ich besaß, den letzten Thaler aus der
Tasche. . . Es blieb mir kaum so viel übrig, um
mir Pulver und Blei zu kaufen und eine Kugel
durch den Schädel zu schießen. . . Ich wollte mich,
als dieser Moment, wo ich Nichts, gar Nichts mehr
besaß, eingetreten, vom Spieltische entfernen. Der
Gedanke des Selbstmords stand in blutiger Schrift
auf meiner bleichen mit Schweiß bedeckten Stirn zu
lesen. . . Da fühlte ich, wie sich eine Hand auf
meine Schultern legte, eine feste, ruhige Hand. . ."

„Ich wandte mich um. Ein mir fremdes Gesicht
blickte in das meinige. . . Es war ein Mann mit
ernsten, milden, fast schwermüthig, traurigblickenden
Augen. . ."

„„Sie wollen Ihre Leidenschaft mit Ihrem Blute
bezahlen,"" redete er mich an — „„war das, was
Sie hier verloren, Ihr Alles, fesselt Sie Nichts,
gar Nichts mehr an das Leben weder eine Pflicht,
noch eine Liebe?""

„Diese Worte, mit einer tiefen, melancholisch klin-
genden Stimme gesprochen, fielen schwer in meine
Seele. . .".

„Ich kam wieder zu mir selbst, drückte dem Fremden die Hand und von diesem Augenblicke an wußte
ich, daß wir Freunde für's Leben waren. . ."

„Ah! der Doctor Schilden . . ." unterbrach ihn
Selma, gefesselt von der Erzählung Harbungen's,
mit erwartungsvollem, gespannten Blicke. . .

„Er war es," fuhr Harbungen, in die Erinnerung an jenen Abend versenkt, fort, „der brave
Schilden, diese reine, edle Seele, welcher ich es
verdankte, daß ich nicht zum Selbstmörder wurde...
Er führte mich in ein anderes Zimmer und theilte
mir hier eine Beobachtung mit, die er während des
Spiels gemacht. . ."

„„Stellen Sie sich dem Bankhalter dicht gegenüber, beobachten Sie genau die Bewegungen seiner Hände und Sie werden dieselbe Entdeckung machen. . ."""

„Er hatte Recht, der Bankhalter schlug die Volte,
er spielte falsch und dieser falsche Spieler, dessen
Blick sich mit dem meinigen in demselben Momente
kreuzte, wo ich seine Schurkerei entdeckt, war der
Hauptmann Klingen. . ."

Ein seltsames Geräusch, wie ein unterdrückter
Ausruf, der aus dem an das Boudoir stoßenden

und von diesem nur durch einen schweren, dichten
Vorhang getrennten Empfangssalon zu kommen schien,
ließ sich hören. . . Die Schauspielerin erblaßte. . .
Hardungen erhob sich. . .

„Was war das?" frug er, sich umsehend und
einige Schritte gegen den Vorhang thuend. . .

Aber Selma war ihm schon zuvorgekommen.

„Es ist Nichts, gar Nichts," sprach sie so gleich-
giltig als möglich und indem sie den Vorhang lüf-
tete: „bleibe nur, Bernhard . . . ich sehe schon den
Störenfried, es ist mein kleiner Azor. . ." Und sie
ließ den Vorhang hinter sich fallen und schlüpfte in
den Salon. . . Einen Augenblick später kehrte sie
mit ihrem Wachtelhündchen auf dem Arme zurück. . .

Sie setzte sich wieder zu Bernhard's Füßen auf
den Schemel und das kleine Thier streichelnd und
liebkosend, bat sie:

„Erzähle weiter, mein Freund."

„Die Erzählung ist zu Ende. Schilden zog mich
in demselben Moment, wo sich meine und des falschen Spielers Augen begegneten, mit sich fort, indem er mir zuflüsterte, ich wisse nun genug, der
Mensch wäre ein gefürchteter Raufbold, mit dem ich
mich nicht in Händel einlassen möge. . . Damals
8*

war ich noch," setzte Harbungen mit eigenthümlichem
Lächeln hinzu, „eines jener harmlosen Wesen, die
unbekannt mit der Manier sind, in welcher die Welt
behandelt sein will. . . Ich folgte. Aber wir beide,
der falsche Spieler und ich, waren von dem Augen=
blicke an Todfeinde, das las ein Jeder aus des An=
dern Blicken."

Selma blickte in Gedanken versunken vor sich
nieder. . . Die Erzählung Harbungen's war für sie
von gewissem Interesse:

„Und bist du auch nicht im Irrthum," frug sie
endlich, den jungen Mann scharf fixirend, „war je=
ner Bankhalter wirklich der Hauptmann Klingen?"

„O nein, nein, ich habe mich nicht geirrt. Wer
könnte je dieses Gesicht vergessen, mit den tieflie=
genden, funkelnden Augen, überwölbt von grauen,
buschigten Brauen, dieses Kinn und diesen Mund,
welche mich immer an die Physiognomie eines Ti=
gers erinnerten und vor Allem diesen weißen Schnurr=
bart, welcher so seltsam absticht von dem dunkeln
Teint, — o diese Züge verwechselt Keiner, am we=
nigsten ich, dem der Mensch, dem dieses Antlitz
gehört, durch sein Spiel an den Rand der Ver=
nichtung brachte. . . Doch nun genug davon, mein

Kind," schloß er, indem er langsam über ihr rei=
ches, üppiges Lockenhaar hinstrich, „nun ein Wort
über deine eigenen Angelegenheiten …"

„Der Intendant hat mir gestern geschrieben,"
lächelte sie spöttisch, Hardungen einen Brief rei=
chend.

„Der Mann hat nicht ganz Unrecht, Selma,"
meinte dieser, nachdem er die Zeilen durchflogen…
„Er verlangt eine gewisse Garantie von dir gegen
die Wiederkehr ähnlicher Vorfälle, wie sie bei bei=
nem ersten Hiersein vorkamen… Glaubst du diese
Garantie geben zu können?" Und er richtete seinen
Blick prüfend auf die schöne junge Frau… Diese
blickte den jungen Mann mit schmachtendem zärtli=
chen Lächeln an und indem sie mit reizender Co=
quetterie ihr Haupt ein wenig nach vorn neigte und
ihre Arme leicht um seinen Nacken schlang, flüsterte
sie mit leise bebender Stimme:

„Und du fragst noch, Bernhard, du kannst noch
zweifeln?" ..

Es giebt Männer, die wohlerfahren und ge=
schickt in allen Dingen sind, zu denen klarer Ver=
stand, Kenntnisse und Muth und Erfahrung gehört,
die aber trotzdem sehr unbewandert in der Liebe und

vor Allem in der Kenntniß des Frauenherzens sind.
Harbungen gehörte zu ihnen. Bis zu seinem Verhältniß mit der Schauspielerin hatte er die Frauen
nur sehr flüchtig kennen gelernt. Als ihn daher
das hübsche, junge und unläugbar auch interessante
Weib so innig und tief in die Augen blickte, fühlte
er jeden Zweifel an der Aufrichtigkeit ihrer Neigung
zu ihm schwinden.

Neigung? Wie fuhr ihm das Wort durch den
Sinn ... wie matt und kühl es gegen Liebe klingt ...
Aber fühlte er denn Liebe zu der Schauspielerin,
war das Gefühl, welches ihn an sie fesselte, wirklich jene süße, milde, zarte, lodernde Leidenschaft,
jenes Etwas, das so alt wie das Menschengeschlecht
ist und doch in immer neuen Wandlungen in der
Brust jedes Einzelnen wieder neu entsteht? ..

Vielleicht war er hierüber selbst sehr im Unklaren, als er sich nach jener Frage zu der jungen
Frau niederbeugte und sie auf Stirn und Wangen
küßte, eine Liebkosung, die zärtlich und mit einem
leisen coquetten Erröthen von der Künstlerin aufge-
nommen wurde. War es doch trotz des vertraulichen
„Du“ und trotz des intimen Tons, der zwischen
den Beiden herrschte, die erste Liebkosung, welche

Selma von ihm empfing. Denn Harbungen, so muthig und keck er der Welt, den Männern gegenüber war, so zaghaft, schüchtern war er den Frauen gegenüber — sobald es sich um Liebe handelte. . .

Es war dies aber ein Fehler einem Weibe gegenüber, wie Selma Schütz, einer leidenschaftlich organisirten Natur, welche die Zeit romantischer Mondscheinsliebe schon lange hinter sich hatte. . .

Die Uhr auf dem Spiegeltisch schlug. . .

Harbungen reichte der Freundin die Hand zum Abschied. . .

„Auf Wiedersehen also — morgen.“

„Du kommst heute nicht?“ flüsterte sie, sich zärtlich an seine Schulter lehnend, während ihr Auge mit schmachtendem Ausbruck zu ihm aufblickte. . .

„Morgen, Selma,“ antwortete er — „für heute habe ich eine Einladung zu dem Geheimerath Olbers. . . Der Mann,“ fügte er lachend hinzu, „will Carriere machen und ich soll, wie es scheint, eine Sprosse seiner Leiter bilden. . . Er mag sich vor Täuschungen hüten. . . Und nun adieu, mein Kind, und vergiß meine Warnung in Betreff des Hauptmanns nicht.“

Als Selma die Klingel der Hausthüre, die sich

hinter ihm schloß, mit ihrem hellklingenden Tone
gehört, schlug sie ein lustiges Gelächter auf und ging
auf den Vorhang zu, welcher den Eingang zu dem
Salon verbarg.

„Das Bild von Saïs," lachte sie, indem sie die
Gardinen zurückschlug.

Ein Offizier in Uniform warde auf der Schwelle
des Salons sichtbar. . .

Es war eine düstere Gestalt, mit grauem, wild
überhängendem Schnurrbart, tiefliegenden, funkelnden
Augen, von buschigten waßen Augenbrauen über=
wölbt.

Eine fahle Blässe deckte sein Gesicht. Es war
die Blässe des grimmigsten Hasses und Zornes. . .

Selbst die Schauspielerin wich unwillkürlich einen
Schritt zurück, als sie deses von der wildesten Wuth
entstellte Gesicht sah. . .

„Sie sehen furchtbar aus . . . Hauptmann, wahr=
lich, grausiger wie Janco's Geist."

„In der That, juden Sie das, schöne Frau?"
rang es sich heiser aus seiner Kehle los, „oder glau=
ben Sie, daß ich auch Komödie spiele? . . ." Und
seine Augen hefteten sich mit ihrem unheimlichen
Glanze durchbohrend auf die Schauspielerin. . .

Selma Schütz fühlte wie unter dem Einfluß dieses unheilverkündeten Blicks ein Grauen sich ihrer bemächtigt und eine unbestimmte dunkle Furcht wie eine kalte Schlange ihr die Brust zusammenschnürte. . . Indessen, sie war ein Weib von entschlossenem Wesen und hatte schon manche ernste Situation in ihrem vielbewegten Leben überstanden. Jene Anwandlung von Schwäche abschüttelnd und in ihre frühere kecke Laune zurückfallend lachte sie:

„Wahrlich, Hauptmann, schreckhaft wie Banco's Geist, furchtbar, wie der steinerne Gast. . . Indessen mögen Sie auch ein Medusenhaupt haben — für mich werden Sie nach wie vor der liebenswürdigste Gesellschafter sein, darum soyons amis Cinna —" und sie reichte ihm die Hand. . .

Ein häßliches Lächeln fuhr über die verwitterten, von Leidenschaften jeder Art durchfurchten Züge des Offiziers und ohne in die dargereichte Hand der Schauspielerin einzuschlagen, frug er noch immer mit wutherstickter Stimme und höhnischer Geberde:

„Das mir, dem falschen . . ." er brachte das Wort nicht über seine Lippen, „dem Bankhalter, der es versteht corriger la fortune. . ."

Selma lachte lustig auf, während zugleich ein listiger, schlauer Blick den Hauptmann streifte:

„Ah, bah, glauben Sie, daß ich die Anekdote für wahr halte, die mir Herr Hardungen eben erzählte . . . ich bin Ihnen Revanche schuldig — nehmen Sie Platz, Herr Hauptmann." Und sie hob ihr Taschentuch, welches sie bei Harbungen's Eintritt über ein Spiel Karten geworfen, „die Karte ist gemischt und gegeben — coeur ist àtout."

Der Hauptmann ließ sich stumm an dem Spieltisch nieder.

„Sind Sie nun überzeugt, daß ich die Geschichte für einen pikanten Feuilletonscherz halte, den mir Herr Harbungen nur zur Unterhaltung erzählte und blos um ihn pikanter zu machen mit existirenden Persönlichkeiten ausstaffirte? . . Aber Sie sind zerstreut, der Stich gehört Ihnen."

„Sie haben Recht, ich bin zerstreut," grinste der Hauptmann mit einer seltsamen Miene, „es ist das aber kein Wunder, wenn man doppelte Revanche zu geben hat... Coeur wird dabei immer àtout sein..."

Und er lachte wieder ingrimmig auf. . .

Die Schauspielerin blickte empor, sie hatte den Hauptmann nicht recht verstanden. . .

„Ich glaube," warf sie mit unverwüstlichem Leicht-
sinn hin, „Sie denken immer noch an das alberne
Mährchen Harbungen's? Aber das kommt von dem
hinter den Gardinen stehen. . . Im Grunde," fuhr
sie etwas verdrießlich fort, „bin ich an der ganzen
Scene schuld . . . ich hätte ruhig meine Partie mit
Ihnen weiter spielen und Sie nicht in dem Salon
verbergen sollen. . ."

Der Hauptmann antwortete nicht. Als aber
dieser in seiner Zerstreung Fehler über Fehler beim
Spiel machte und sie eine Partie nach der andern
gewann, kam eine ausgelassene Lustigkeit über sie...

„Nein, nein, lieber Hauptmann," lachte sie endlich, „Sie dürfen sich nicht mit Harbungen schlagen
— was sollte denn aus ihrer armen Freundin werden?" setzte sie doppelsinnig hinzu. . .

Sechstes Kapitel.

Anknüpfungen und Erinnerungen.

Linda hatte an dem Ballfeste, welches ihr Vetter wenige Tage nach Weihnachten gab, anfänglich nicht Theil nehmen und auf ihren Zimmern bleiben wollen...

„Sie wissen, Cousin, daß ich an Ihren diplomatischen Fêten sehr wenig Geschmack finde..." sagte sie ihrem Vetter... „Diese langweiligen Gesichter, diese nichtigen, inhaltslosen Gespräche... Wenn diese Menschen nicht zufällig ein Wappen und einen Stammbaum aufzuzeigen hätten, wenn man sie in Bauernkittel oder Arbeiterblousen steckte, kein Mensch würde sich nach ihnen umsehen..."

„Bst, bst, kleine Jacobinerin," lächelte ihr mit dem Finger drohend Herr von Olbers, „Sie raisonniren da wie ein Conventsprediger von 1793... Aber

ich glaube daran ist Ihre Lectüre schuld, liebe Cousine. . . Wie kann eine Dame von feinem Geschmack
an Jacobinern wie Friedrich von Sallet, Kinkel,
Freiligrath, Prutz, Gutzkow Gefallen finden. . .
Warum wählen Sie nicht die Romane und Novel-
len unseres Freundes des Majors von Klosek, oder
die des Herrn Hofrath Schlagfelder. Da bewegt
man sich stets in guter Gesellschaft. . . Oh, es
ist ein köstlicher Autor dieser Schlagfelder! Wie
sinnig er über die Theebereitung zu beschreiben versteht, wie er die verschiedenen Cigarrendüfte schil-
dert, ich versichere Ihnen, Cousine, ich rieche das
Kraut der Havannah förmlich . . . und dann wie
er die Freuden eines Garçondiners bei herabgelasse-
nen Fenstervorhängen, mit dicken Teppichen auf den
Dielen und hellem Feuer im polirten Kamin malt.
. . Diese geistreichen Unterhaltungen, die er seine
Barone, Majors, Rittmeister, Legationssecretärs und
Grafen führen läßt, diese unnachahmliche Noblesse,
die in Allem liegt, was sie thun, sprechen und dann
die wohldressirten Bedienten und die feine Manier,
mit der er das bürgerliche Pack lächerlich zu machen
versteht, ach! er ist süperbe, süperbe . . . in's Feuer
mit Ihren Jacobinern, lesen Sie Schlagfelder und

Sie werden meine diplomatischen Fêten nicht mehr langweilig und die Legationssecretäre blasirt und inhaltslos . . . finden." Der Geheimerath hatte das wieder mit jener Selbstironie in Ton und Geberde gesprochen, die ihm zur zweiten Natur geworden war. . .

Der Effect war ein sehr natürlicher.

Linda lachte herzlich über die seltsame Vertheidigung der Leib=Lectüre ihres Vetters und als auch Mathilde ihre Bitte hinzu fügte, sie beim Empfang der Gäste zu unterstützen, versprach sie lächelnd:

„Es sei denn. Ich werde mich mit Euch gemeinschaftlich langweilen, aber wehe Ihnen, Vetter, wenn Ihr Schlagselder gelogen hat. . ."

Es war eine zahlreiche Gesellschaft, die sich in den Salons des Geheimeraths von Olbers bewegte...

Viele Ordenssterne, bunte Bänder, goldne Kammerherrnschlüssel, rauschende Seidengewänder, um junge und alte Gestalten sich bauschend. . .

Man tanzte, man spielte und unterhielt sich oder erholte sich am Büffet. . .

Nur zwei der Eingeladenen fehlten noch.

Der Eine war der neue Director der königlichen Privat=Museen Dr. Joseph Marecampus, der An-

dere der Redacteur der Tribune, Harbungen. . .
Daß Harbungen so spät kam, war dem Geheime=
rath nicht ganz unerwünscht. . .

Ein Mann ohne Titel, ohne officielle Stellung
in der Bureaukratie und auch nicht jenen Kreisen
angehörend, die sich — wir wissen nicht warum —
„die Gesellschaft" nennen, war immerhin eine etwas
auffällige Erscheinung in den Salons des Geheime=
raths, selbst wenn dieser Mann der einflußreiche
Redacteur der Tribune war. . . Wenn er jetzt kam,
wo die Salons gefüllt, verschwand er unter der
Menge und der Zweck, den Olbers mit der Einla=
dung verband, war erreicht, ohne daß er sich zu
sehr dabei compromittirt hätte.

Aber Marecampus Nicht=Erscheinen frappirte ihn.
Zwar hatte er die Hoffnung noch nicht aufgegeben,
allein er hätte es gern gesehen, wenn der Museen=
Director, von dessen Einfluß auf den jungen König
man sich viel in die Ohren flüsterte, beim Beginn
der Fête zugegen gewesen wäre. . . Eine vertrau=
liche Annäherung wäre dadurch jedenfalls erleichtert
worden. . .

Während der Geheimerath das Erscheinen des
Directors mit einer sich von Minute zu Minute

steigernden Ungeduld erwartete, sah seine junge Frau
dem Augenblicke, wo dieser Mann ihre Schwelle
überschreiten würde, mit einer Furcht, die an's Entsetzen streifte, entgegen. . .

Sie hatte nicht früher, als schon die ersten Gäste
erschienen, von ihrem Manne erfahren, daß der
Director sich auch unter den Eingeladenen befand.

„Wenn ich nicht irre, mein Kind," hatte er
ihr lächelnd zugeflüstert, „ist der neue Director der
königlichen Museen ein Landsmann von dir. Du
wirst dich gewiß freuen, ihn hier zu sehen. Aber
ich bitte dich, erschrecke nicht, wenn er dir sein
Compliment macht, wie neulich, als er uns seine
Karte überschickte. . . Es ist übrigens eine ganz
passable Persönlichkeit. Manche meinen sogar, er
habe etwas Imponirendes. Mich freilich," fuhr er
mit seinem ironischen Lächeln fort, „erinnert er mit
seinen gemessenen, feierlichen Bewegungen und seiner
etwas metaphysischen Ausdrucksweise an die alten
persischen Magier. Wahrlich, so denke ich mir die
Kerls, die dem alten Astyages mit ihrer Prophe-
zeihung so in Harnisch jagten. . ."

Er nahm ein paar Körner Spaniol aus seiner

Brillantdose, schnippte sie in die Nase und flüsterte mit feinem Lächeln:

„Indeffen würdest du mir einen Gefallen thun, wenn du ein klein wenig mit ihm kokettirst — so gescheut diese gelehrten Pedanten im Uebrigen auch sind, so leicht laffen sie sich doch von ein paar schönen Augen blenden. . ."

Bei den erften Worten ihres Mannes hatte Mathilde diesen mit einem entfetzten Blicke angestarrt und wenn der Geheimerath nicht die häufige Angewohnheit gehabt hätte, während er sprach den Deckel feiner Tabatière mit einem diplomatischen Lächeln zu betrachten, so hätte er die Bläffe, wie das Zittern seiner Frau bei den erften Worten, die er ihr zuflüsterte, bemerken müffen.

Aber Herr von Olbers war viel zu sehr mit feinen Combinationen und Poliren feiner Dose beschäftigt. Er bemerkte weder die tiefe Bläffe, noch die glühende Röthe, die diefer folgte, als er feiner Gattin die feltfame Verhaltungsregel in Betreff des Mufeen-Directors gab. . .

Einen Moment — aber nur einen Moment lang erwachte wieder ein die junge Frau in ihren innerften Lebenstiefen packender Argwohn in ihrem Ge-

müthe. Aber so viel Entsetzliches für sie auch in dem
Gedanken lag, daß ihr Mann Alles wisse, sie hätte
selbst die Bestätigung ihres Argwohns jener qualvollen Ungewißheit vorgezogen, in der sie sich jetzt
befand. . .

Im ersten Falle hätte eine einzige peinvolle Scene
Alles entschieden, auf diese oder jene Weise, während sie jetzt eine Reihe der qualvollsten Situatio-
nen erwartete. . .

Linda, welche die Blässe, die nervöse Unruhe
ihrer Cousine bemerkte, frug sie flüsternd:

„Bist du krank, Mathilde — du siehst sehr blaß
und angegriffen aus. . .“

„In der That . . . ich fühle mich etwas unwohl. . .
Die Wärme, der Duft dieser verschiedenen Parfüms
greift meine Nerven an; doch es wird vorübergehen, liebe Linda.“

„Wärme und Parfüms,“ lächelte Linda, „daran gewöhnt man sich. Aber diese faden Schmeicheleien, mit denen man verfolgt wird, diese mit der
wichtigsten Miene gehaltenen Gespräche über die Ein-
tagsfliegen unter den Begebenheiten . . . das mar-
tert, das greift die Nerven an, wie die ätzendste
Säure das Metall. . .“

„Man beobachtet uns," flüsterte ihr die junge Frau zu, „bort die Gräfin von B... richtet ihre Lorgnette hierher... Neue Gäste... ich bitte dich, liebe Linba, hilf mir die Honneurs machen..."

In ben Vorzimmern schlug es eben 10 Uhr, als Marecampus ter Museendirector, und ber Rebacteur Harbungen eintraten. Der Letztere, welcher die Absicht bes Geheimerathes bei seiner Einlabung sofort errieth, wie aus der Andeutung, die er gegen Selma Schütz gab, hervorgeht, war noch wenige Stunden vorher von einem Zweifel befallen worden, ob er zu der Fête gehen solle oder nicht...

„Geh'," hatte ihm der Doctor Schilben, der ihn am Abend besuchte, gerathen, „du wirst wenigstens deine Neigung zur Satire befriedigen können, man muß diese sogenannte Gesellschaft in der Nähe betrachten — um sich wundern zu können, wie es sonst ziemlich verständige Menschen giebt, die Gewicht barauf legen, zu ihr gerechnet zu werben..."

„Hat ber Mann Familie?... Kennst bu ihn näher?"..

Der Arzt zuckte lächelnb die Achseln...

„Von einem Armenarzt zu verlangen, baß er im Geheimraths-Viertel orientirt sein soll... ich

9*

kenne von dem Manne nicht mehr als den Namen.
Wer kann auch in einer Stadt von zweimalhundert=
tausend Einwohnern jeden Einzelnen kennen, zumal,
wenn man so ein Neuling von Bewohner ist. . .“

„Entschuldige,“ lächelte Harbungen, „ich vergaß,
daß du dich vier Jahre unter wilden, fremden Völ=
kerschaften herumgetrieben und kaum erst ein Jahr
hier hausest. . .“.

„Du gehst also,“ sagte der Arzt zu seinem Hute
greifend, „vergiß nicht, uns morgen zu besuchen;
aber mache dich auf eine Ueberraschung gefaßt. Du
wirst unsern Menschenhasser, unsern Timon=Wenzel
in eine Affenmutter verwandelt finden. . . Natür=
lich blos um aus seinen Findling einen gelehrigen
Jünger zu erziehen, der in seine Fußtapfen tritt.
Im Uebrigen eine prächtige Natur, ebenso wie der
kleine Bube, den er als jungen Diogenes in einem
Fasse fand.“

Der Director der Museen hatte eine Vorlesung
bei dem Könige abgehalten. . .

Der Monarch, unvermählt und auch ohne einen
andern ihm nahestehenden Familienkreis, liebte es,
Abends ohne jedes Ceremoniell einen Kreis von
Gelehrten und Schriftstellern und Künstlern um sich

zu haben. . . Seine Majestät zeigte sich in diesen Stunden als Mensch. Man las vor, zeigte Entwürfe und Zeichnungen, erzählte interessante Reiseabenteuer, rauchte gute Cigarren und trank noch bessern Ananas-Punsch dazu. Die Kenntnisse Seiner Majestät waren zwar sehr fragmentarischer Natur, allein die Mitglieder jenes Kreises wußten diese Fragmente immer in's beste Licht zu stellen. Besonders zeichnete sich in dieser Kunst, das allerhöchste wissenschaftliche Stückwerk brilliren zu lassen, der Museendirector Marecampus aus, eine Eigenschaft, die dem hochstrebenden Manne bei dem Ehrgeiz des Königs, gern als Gelehrter zu glänzen, sehr zu statten kam.

Heute hatte man über alt-ägyptische Baukunst gelesen und gesprochen, war auf die Mysterien der Isispriester und die eleusinischen Geheimnisse gekommen und Seine Majestät hatte Gelegenheit gefunden, einige geistreiche Bemerkungen darüber in's Gespräch einzustreuen.

Er wußte es dem Museendirector sehr Dank, daß sich dieser erst gestern mit ihm darüber eingehend unterhalten und heute dasselbe Thema auf geschickte Weise in dem Abendzirkel angeschlagen hatte. . .

Auch blieb die huldreiche Weise nicht unvermerkt, mit welcher Seine Majestät den Director verabschiedete.

„Geben Sie Acht, von Koppelsdorf," flüsterte der Hofrath Schlagfelder, ein Novellist von angenehmem Erzählungstalent, dessen Lob der Geheimerath von Olbers gegen seine Cousine so laut gepriesen, „geben Sie Acht — an dem Fracke des Marecampus sehe ich den gelben Salamander dritter Klasse hängen, ehe die Trauben reif werden — haben Sie nicht das gnädige Lächeln Seiner Majestät beim Abschied bemerkt?"

Professor von Koppelsdorf, ein naturforschender Schöngeist, welcher die Chemie und Physik mehr am Theetische vornehmer Damen, als in den Hörsälen lehrte, strich sich mit einem ironischen Lächeln seinen langen, blonden Schnurrbart.

„Der grüne Salamander wird sich allerdings auf der Brust des Museendirectors befinden — aber im Grunde genommen, lieber Schlagfelder, würde es vielmehr Farben-Sinn der Majestät verrathen, wenn sie Ihnen den gelben Salamander geben würde. Neben dem Kameelorden mit Granatenblüthe, den Sie voriges Jahr von dem italienischen Herzog,

welchen Sie auf seinen orientalischen Reisen beglei=
tet, erhielten, würde der gelbe Salamander ..."

Der dicke Literat und Hofrath ließ ihn nicht
vollenden.

„Tröpfeln Sie keine Salzsäure auf Ihre Be=
merkungen, lieber Koppelsdorf," lachte Schlagfelder,
„oder ich erzähle Ihnen eine Geschichte von einem
gewissen Professor der Chemie, welcher, um Mit=
glied des Ordenscapitels vom Maulbeerbaum zu
werden, den Mops einer sehr einflußreichen und
hochstehenden, dabei aber die barockſten Einfälle ha=
benden Dame rosenroth und himmelblau färbte..."

„Wollen Sie schweigen, boshafter Verläumber,"
raunte der Professor der Chemie dem Hofrathe zu,
„der Museendirector ist dicht hinter uns."

Marecampus hatte das Gespräch der Hauptsache
nach gehört.

Er ließ sich indessen dies nicht merken. Mit
einem feinen Lächeln grüßte er die Beiden, die den
Gruß verbindlichst erwiderten... Sie sahen dabei
den leisen, verächtlichen Zug um die Mundwinkel
nicht, noch hörten sie die Worte, die er vor sich
hinflüsterte: „Bescheidene Seelen, die mit einem bun=
ten Bändchen zufrieden sind und sich willig daran

führen laſſen, wie ein Hund an der Fang=
leine. . ."

Mit dem Ausdruck ſtolzen Selbſtgefühls, deſſen
Urſprung ſowohl auf eine gewiſſe Selbſtſchätzung
als Ueberhebung zurückzuführen, trat der Muſeen=
director dem Geheimerath entgegen, der um den ein=
flußreichen Mann ſo beſchäftigt war, daß er Har=
bungen ganz überſah.

Der Redacteur, dem Marecampus perſönlich
gänzlich unbekannt war, warf im Vorbeigehen einen
flüchtigen Blick auf den Muſeendirector.

„Eine eigenthümliche Erſcheinung," dachte er bei
ſich, „ſo könnte ich mir etwa einen modernen Ig-
naz Loyola, vielleicht auch einen nordiſchen Muha=
med oder deutſchen Cagliostro denken," ſetzte er für
ſich lächelnd hinzu.

Er ging durch den Ballſaal in die anſtoßenden
Spiel= und Büffetzimmer und dann wieder zurück
in den Salon, wo er ſich die Phyſiognomien der
Gäſte betrachtete. . .

Wie er ſo ſein Auge durch den Saal ſchweifen
ließ, ſah er, wie der Geheimerath mit jenem ihm
Unbekannten auf zwei Damen zuſchritt.

Es war die Geheimeräthin und Linda.

Als die junge Frau jenen Mann, dessen An=
kunft sie seit einigen Stunden mit einem Gefühl tie=
fen Entsetzens erwartete, über ihre Schwellen schrei=
ten sah, faßte sie mit haftiger, fast krampfiger Ge=
berde Linda's Hand. . .

„Linda," flüsterte sie in fliegender Haft, während
eine erschreckende Bläſſe ihre Züge überflog, „ich
empfinde einen Anfall von Herzkrampf. . . Dort
kommt mein Mann . . . ich will ihn nicht erschre=
cken . . . aber ich bitte dich, bleibe so lange bei
mir. . ."

Der Geheimerath, lächelnd, diplomatisch=plau=
dernd, den Liebenswürdigen spielend, war zu den
beiden Damen des Hauses mit den Museendirector
getreten. . .

Dieser, während seines Gesprächs mit Herrn
von Olbers die Gruppen links und rechts musternd,
blickte zu den Damen erst in demselben Moment
auf, wo ihn der Geheimerath vorstellte.

„Herr Doctor Marecampus, Director der kö=
niglichen Museen. . . Meine Frau . . . . Fräulein
Linda von Olbers. . ."

Der Director blickte auf und — doch nein we=
der der Geheimerath, noch irgend ein anderer der

fremden Gäste bemerkten den blitzschnellen Ausbruck
des Schreckens, der Ueberraschung, welcher sich in
dem Auge des Directors malte, als sein Blick die
junge Frau traf, welche sich von einem tiefen Beben
ergriffen, grüßend verbeugte — ihre letzten Kräfte
zusammenraffend, um nicht einen Auftritt zu geben
und ohnmächtig ihrer Cousine in die Arme zu fallen. . . Nur zwei Personen im ganzen weiten Saal
waren es, welche das Erschrecken Marecampus bemerkt hatten: Linda und Harbungen, dessen scharfes Auge sich fest und unverwandt auf die Züge des
ihm unbekannten Mannes gerichtet hatte. . .

„Es gereicht mir zur unendlichen Freude, gnädige Frau," redete Marecampus mit sonorer Stimme
und im Tone ruhiger Unbefangenheit die mühsam
nach Fassung ringende junge Frau an, „in Ihnen,
wie mir Ihr Herr Gemahl soeben mittheilte, eine
Landsmännin begrüßen zu dürfen. . . Sie sind gleich
mir an den schönen Ufern des Rheins geboren und die
Luft der Heimath ist so süß, daß uns selbst die Erinnerung daran berauscht. Haben Sie schon lange
unsern schönen Strom verlassen . . .?"

Die Sinne der jungen Frau verwirrten sich. Diese
Unbefangenheit, dieses Frembthun war ihr fast noch

furchtbarer als es eine Erkennungsscene hätte sein können. . . Ein Schauder vor der Verstellungsgabe, vor der Beherrschungskraft dieses Mannes faßte sie und sie fühlte wieder jene dämonische Macht, die diesem Manne inwohnte, Gewalt über sie gewinnen — trotz des Entsetzens, den er ihr einflößte. . .

„Bier Jahre ist es . . .“ hauchte sie endlich mühsam, als der Museendirector mit derselben Unbefangenheit seine Frage noch einmal wiederholte. . .

„Und sind Sie, mein gnädiges Fräulein, auch an den schönen weinumrankten Ufern jenes Stromes heimisch, auf dessen Felsen die schöne Zauberin Loreley sitzt und mit ihrem Sange die Schiffer und Fährleute hinab in die Tiefen zieht?“

Er richtete dabei sein großes, dunkeles Auge mit einem fragenden, forschenden Ausdruck auf das Fräulein von Olbers.

Eine schwächer organisirte Frauennatur würde vielleicht unter diesem Blicke den ihrigen gesenkt haben, aber Linda erwiderte ihn fest, sogar mit einem gewissen herausfordernden Ausdrucke . . .

„Sie irren sich, mein Herr,“ antwortete sie in einem kühlen Tone, aus dem ein feines Ohr etwas

Gereiztes, beinahe an's Feindselige streifende heraus
hören konnte. .

„Ich bin eine Tochter dieses Landes . ." setzte
sie mit einem leichten ironischen Lächeln hinzu, „dieses prosaischen, kalten Landes, das zu nüchtern ist,
um die poetische Rebe zu erzeugen und sich mit
Kartoffeln und Korn begnügen muß."

„Sie hat wahr gesprochen, meine gnädige Cousine," lächelte der Geheimerath, „es ist ein nüchter-
ner, sceptischer Boden, auf dem wir hier stehen. Ein
Land der Freigeister und Raisonneurs. Sie können
ein gutes Werk stiften, Herr Director, wenn Sie
meine Cousine Jacobinerin von ihren revolutionären
Ideen auf den rechten Pfad zurückbringen. .."

Marecampus lächelte. .

„Das ist wohl nur eine Uebergangsperiode und
der Zweifel ist das Fegefeuer geweihter Geister. Nur
die gewöhnlichen Naturen berührt er nicht — er
läßt ihnen ihre Schlacken. Aber zu jedem, der eine
große Mission verrichtete, trat einmal dieser Versucher. Bei Ihnen, mein gnädiges Fräulein, sollte
zwar eine Ausnahme stattfinden. Die Mission, die
~nen zu Theil geworden, ist zu glänzend in Ihrer

ganzen Erscheinung ausgedrückt, um auch nur zum geringsten — Zweifel Berechtigung zu geben. . ."

„Man könnte Sie den liebenswürdigsten Schmeichler nennen," fiel Herr von Olbers ein, „wenn das, was Sie eben in Bezug meiner theuren Cousine sagten, nicht die vollkommenste Wahrheit wäre. . ."

„Und darf ich so unbescheiden sein," unterbrach ihn Linda mit jener ironischen Färbung im Ton, welche ihre Gespräche mit ihrem Vetter meistens trugen, „nach meiner Mission zu fragen?"

„Zu herrschen im Reiche des Schönen," antwortete der Museendirector mit einer Verbeugung, welche Achtung und Galanterie zugleich ausdrückte...

Eine leichte Röthe färbte einen kurzen Moment ihre Stirne.

„Und du wolltest mir immer abstreiten," lächelte sie, sich zu der jungen Frau wendend, welche in qualvoller Pein diesem kurzen Zwiegespräche zugehört, „daß wir Frauen zum Herrschen geboren sind..."

Zu der Gruppe tretende Gäste unterbrachen eine Unterhaltung, welche Marecampus gern noch fortgesetzt. . .

Seine Blicke folgten den beiden Freundinnen, die sich bald von einer Schaar junger Männer um-

ringt fahen und ein leifer Mißmuth ftieg in feinem
Geficht auf, als er fah, wie Linda von Olbers das
Engagement eines jungen Mannes zu einem eben
beginnenden Contretanz annahm. . .

Er wendete fich zu einem Herrn in feiner Nähe...

„Kennen Sie vielleicht den jungen Mann, welcher eben jetzt mit Fräulein von Olbers tanzt?.“

Der Angeredete kniff feine Lorgnette zwifchen die
Augen, ftarrte eine Weile auf das fich lebhaft un-
terhaltende Paar hin und zuckte dann die Achfeln.

„Bedauere, vollkommen unbekannt . . . exoti-
fches Gewächs, wie es fcheint . . . nicht hier hei-
mifch. Doch wenn es Sie intereffirt, Herr Victor,“
und er wendete fich zu Einem eben Vorübergehen-
den, welcher jetzt erft in den Salon getreten war.
Der Angeredete, ein junger Mann mit langem bis
auf den Kragen niederfallenden, hinter die Ohren
zurückgeftrichenem Haar, nachläffig umgefchlungener
Cravatte und etwas exaltirtem Wefen in feiner
ganzen Erfcheinung blieb ftehen. . .

„Ah, du bift es Alfred,“ redete er den mit der
Lorgnette an, „ich habe dich lange nicht gefehen —
hält dich vielleicht eine Armida in ihrem Zaubernetz
gefangen. . .“

„Laß mich mit deiner mittelalterlichen Mythologie in
Ruhe und sage mir: kennst du den Mann, welcher
mit Fräulein von Olbers tanzt? Er scheint mir etwas in deine Species zu rangiren, lieber Wolkowsky, unübertrefflichster aller Geigenkünstler...“

Der Virtuos, welchen Herr von Olbers einge-
laden, weil es zum Ton gehörte, einige Virtuosen-
Größen in seinem Salon zu haben, um sie seinen
Gästen zeigen zu können, gewissermaßen als Curio-
sitäten, wie man etwa eine Giraffe, ein Känguru
zeigt, warf einen Blick nach der angedeuteten Richtung... Ein leichtes Erstaunen malte sich in seinem Gesicht.

„Kennst du den Redacteur der Tribune, den
Rechtsanwalt Harbungen nicht? Er ist's, bei Paga-
nini's Bogen...“

Der Andere warf einen lächelnden Blick auf den
Virtuosen.

„Schwörst du noch immer darauf?.. Nun, sei
nur ruhig, es ist wenigstens eine Originalität...“
Sich dann zu dem Museendirector wendend, der
einige Schritte von den Beiden abwärts stand,
sagte er:

„Herr Harbungen, Rechtsanwalt, jetzt Redacteur der Tribune. . .“

Der Museendirector lächelte verbindlich.

„Verzeihen Sie, daß ich Sie mit meiner Neugier incommobirte!“

Der Andere verbeugte sich und ging mit dem Geigenkünstler weiter. . .

„Harbungen,“ murmelte Marecampus, indem er sinnend vor sich niedersah. . .

„Der Mann ist mir nicht fremd . . . und doch entsinne ich mich nicht. . .“ Da zuckte eine Erinnerung durch seine Seele.

„Redacteur der Tribune . . . jenes Blatt, in welchem ich neulich den Artikel gegen meinen Aufsatz im „Glaubenswächter“ las . . . richtig, Harbungen war der Name. . . Ah, du scheinst meine Wege zu kreuzen. . . Vielleicht ohne daß du es willst .“

Da sah er die Frau von Olbers sich gegenüber, umgeben von einigen Damen, mit denen sie sich angelegentlich zu unterhalten schien.

Aber es entging ihm nicht, wie ihre Blicke, so oft sie sich unbeobachtet glaubte, herüber zu ihm flogen, scheu voll innerer Angst und bebend zurückfliehend, wenn sein Auge dem ihrigen begegnete. . .

„Sie hier zu finden ... wie hätte ich das ahnen können. ... Aber es muß zu einem Abschluß kommen mit der Vergangenheit und heute noch.“ Und mit dem Ausdruck eines Mannes, der einen festen Entschluß gefaßt hat und gesonnen ist ihn durchzuführen, koste es, was es wolle, mischte er sich unter die Gruppen der Gäste. ...

Der Contretanz war zu Ende.

Hardungen führte seine Dame nach ihrem Tabouret am oberen Ende des Salons. ...

Er hatte Herrn von Olbers, der sich, wie er sagte, sehr glücklich schätzte, dem Redacteur der Tribune in seinem Hause zu sehen, gebeten, ihm Fräulein von Olbers vorzustellen. Zugleich bat er sie um den nächsten Contre.

Linda, welche sich, als der Geheimerath ihr Hardungen's Namen nannte, sofort jenes Theaterabends und der ironischen Bemerkungen ihres Vetters darüber erinnerte, nahm die Aufforderung mit einer gewissen Kälte an.

Hardungen bemerkte dies. ...

„Gnädiges Fräulein,“ lächelte er und es klang wie ein leiser Spott durch seine Worte, „wenn Sie ermüdet sind oder es vorziehen sollten, nicht mit mir zu tanzen, so bitte ich Sie freundlichst, dies mir offen zu sagen. . . Nichts ist für mich peinigender, als meinen Gefühlen Zwang anzuthun. Ich bin zu gerecht, um Andern nicht dasselbe zuzugestehen. . . Sie sehen mich, gnädiges Fräulein, heute nun zwar zum ersten Male — meine Persönlichkeit ist Ihnen völlig fremd. Indessen es giebt Physiognomien, gegen die man im ersten Augenblicke einen entschiedenen Widerwillen hegt. Vielleicht habe ich das Unglück für Sie, mein Fräulein, eine solche Physiognomie zu besitzen. Empfinden Sie eine derartige Idiosynkrasie, so legen Sie Ihren Empfindungen durchaus keinen Zwang an. . ."

Eine solche Sprache hatte Linda noch nicht gehört; aber, wenn sie sich selbst gegenüber es gestehen sollte: so unumwunden und gegen die übliche Umgangsform diese Sprache auch war, sie mißfiel ihr nicht.

„Sie sind sehr offenherzig, mein Herr," und sie maß dabei Hartungen mit einem ernsten Blick, „so offenherzig, daß man Gleiches mit Gleichem erwidern muß. Aber Sie irren sich, wenn Sie glauben, daß ich Sie heut zum ersten Male sehe. Ich war Zeuge einer Scene im Theater, wo Sie sich

einer tödtlich beleidigten Frau annahmen. Ich kann
es Ihnen gestehen: ich .ergriff lebhaft Ihre Partei,
als ich sah, wie Sie so muthig gegen die Angegrif-
fene eintraten. Freilich," fügte sie mit ironischem
Tone bei, „war, wie ich später erfuhr, diese Theilnahme nicht so ganz uneigennütziger Natur. . ."

Jetzt war die Reihe des Erstaunens an Harbungen. . .

„Ich verstehe Sie nicht, gnädiges Fräulein. . .
Im Uebrigen aber kann ich Ihnen versichern, daß
mir die Dame völlig unbekannt war, daß ich für
sie eintrat, weil mich jede Brutalität der Gewalt
empört. . ."

Diese Versichrung war in so glaubwürdigem
Tone gegeben, daß Linda an der Erzählung ihres
Vetters zu zweifeln anfing.

Aber ein gewisses Gefühl, über dessen Grund
sie sich vielleicht selbst nicht ganz klar war, trieb
sie doch an, der Sache noch mehr nachzuforschen . . .
noch war sie von der Aufrichtigkeit dieser Betheue-
rung nicht völlig überzeugt. . .

„Wirklich? War das der einzige Beweggrund?"
Und als sie Harbungen eine lebhafte Geberde machen sah, fuhr sie rasch fort: „Sie müssen schon
10*

meine Zweifel entschuldigen. . Unsere Zeit ist so
nüchtern-berechnend, daß es schwer wird, an solche
edle Uneigennützigkeit zu glauben. . . Und glaubt
Jemand in der That daran? . . ."

„Aber ich versichere Ihnen, mein Fräulein, Sie
werden immer räthselhafter. . ."

Ein anderes Mädchen würde vielleicht das Gespräch hier abgebrochen haben, wenn es die Unterhaltung überhaupt auf ein so bedenkliches Thema
geleitet. . .

Allein Linda gehörte nicht zu jenen Furchtsamen
ihres Geschlechts. .

„Und die Lösung ist so einfach," lächelte sie mit
jenem feinen spöttischen Lächeln um den schönen
Mund, „Sie lasen im Voraus in den Augen der
schönen Komödiantin den glühenden Dank und Ihre
Erhebung zum Paladin, welcher für die Farbe der
Dame seines Herzens streitet. . ."

Harbungen blickte betroffen auf. . . Diese, im
Munde einer Dame jedenfalls gewagten Worte, warfen ein helles Streiflicht in sein Inneres und berührten da eine Partie, über welche er sich selbst
noch sehr im Unklaren befand.

Was war es für ein Gefühl, das er für Selma

Schütz empfand? . . . War es Freundschaft, war es
Liebe? War es der Zauber, den jede schöne Schauspielerin auf die meisten Männer, die sich ihr nähern,
ausübt?

Linda schien eine Antwort zu erwarten.

Er sah es an ihren forschend auf ihn ruhenden
Blicken. . .

Er schüttelte verneinend das Haupt.

„Vielleicht irren Sie sich doch, gnädiges Fräulein. . . Wenn auch die Augen meiner," er hielt
inne, nach dem rechten Ausdruck suchend, „meiner Freundin," fuhr er nach einem augenblickli-
chen Besinnen fort, „sehr schön sind, so waren sie
es doch nicht, welche mich jene Brutalität strafen
ließen. Mich empörte die Feigheit und die Schein-
heiligkeit dieser Menschen, die ihre eigene Schlech-
tigkeit dadurch zu verdecken suchten. Wäre die Frau,
der ich meinen Schutz spendete, eine armselige Bett-
lerin gewesen, häßlich und zerlumpt, ich würde nicht
anders gehandelt haben. . . Oder rechnet man mir
es vielleicht zum Verbrechen an, daß die Beleidigte
schön ist? . ."

Linda erröthete unwillkürlich, sie wußte selbst

nicht warum, aber sie war ärgerlich auf sich selbst, das
Gespräch bis zu diesem Punkte geführt zu haben...

Was ging ihr überhaupt die ganze Geschichte,
was die Schauspielerin, was der Redacteur Hardungen an?

Wer weiß, ob sie ihn überhaupt je wieder sah?
Und doch fühlte sie gewissermaßen eine Genugthuung
bei Hardungen's Worten...

Bestätigten diese doch ihre Behauptungen ihrem
Vetter gegenüber, dessen Verdächtigungen dadurch
in Nichts zerfielen...

Gern hätte sie freilich noch etwas über die Natur des jetzigen Verhältnisses zwischen Hardungen
und jener Frau erfahren, allein eine solche Frage
war diesem ihr noch so fremden Manne gegenüber
zu gewagt.

Herzutretende junge Damen, Bekannte Linda's,
trennten eine Unterredung, die von Beiden vielleicht
ungern aufgegeben wurde, denn sowohl Linda, als Hardungen hatten das Gefühl eines gewissen Mißbeha-
gens, eines Unbefriedigtseins, als sie von einander
scheiden mußten...

Hardungen fühlte das Bedürfniß allein zu sein,

ruhig nachzudenken und sich über Manches klar zu
werden. . .

Er fand Ruhe und Einsamkeit in einem Gemach,
am Ende der Zimmerreihe gelegen, das durch Blu=
men, Orangerie und grünes Laubgewinde zu einer Art
Wintergarten umgeschaffen war. Eine Ampel, um=
rankt von Schlinggewächsen, welche von der Mitte
der Zimmerdecke herabhing, ließ ein mattes Licht
über die Blumen und Orangenbäumchen fallen und
die dunkelgrünen seidnen Vorhänge, welche die Fen=
sternischen verbargen, erschienen wie eine dichte grüne
Laubwand, welche den Eingang in ein Waldgeheimniß
wehrte. . .

Harbungen schlug den Vorhang auseinander und
als er dahinter eine Epheulaube in die Nische hinein=
gebaut erblickte, ließ er sich auf den Sessel in
der Laube nieder, gedankenvoll vor sich hinblickend.
Die Frage „liebst du Selma?" schwirrte ihm un=
aufhörlich durch den Sinn. . . Dazwischen drängte
sich Linda's Bild. Er sah sie immer vor seinen
Blicken vorübergaukeln die schlanke Gestalt mit den
klugen, tapfern Augen und dem feinen, spöttischen
Lächeln um den Mund. Und wie das reiche Haar
sich auf dem schönen Nacken, auf der weichen, vollen

Rundung wiegte, diefe fo vollen, dichten, glänzenden
Flechten. . .

So träumte er in feinem abgefchloffenen, verbor=
genen Winkel, als er durch ein Geräufch aus fei=
nen bunten Phantafien aufgefcheucht wurde. . .

Er hörte das Raufchen eines feidnen Frauenge=
wandes und eine zwar gedämpfte aber eindringlich
fprechende Männerftimme.

Schon hob er den Arm, um den Vorhang, wel=
cher ihn verbarg, zurückzufchlagen und aus feinem
Verfteck hervorzutreten, als er ein leifes, unterdrück=
tes Schluchzen zu hören glaubte. . .

Er ftutzte. Wer konnte in Mitten diefes heitern,
glänzenden Feftes, in Mitten diefer Menge fchöner,
reizender Frauen und Mädchen diefe Töne des
Schmerzes ausftoßen?

Die Gardine, welche Hardungen verbarg, fchloß
nicht fo dicht, daß er nicht einen Blick in das matt
erleuchtete Gemach hätte werfen können. . . Eine
leicht verzeihliche Neugierde ließ ihn zwifchen den
Vorhang hindurch lugen. .

In demfelben Moment wendete fich der Mann,
deffen gedämpfte Stimme Hardungen beim Eintritt
in's Zimmer vernommen, nach dem Vorhang, hin=

ter welchem Hardungen stand. Vielleicht hatte er ein leichtes Geräusch gehört, denn sein Blick war mißtrauisch und unruhig. Regungslos blieb Hardungen mit angehaltenem Athem hinter dem Vorhange stehen. . .

„Schließen wir die Thür, damit uns Niemand überrascht," sagte der Fremde zu seiner Begleiterin, welche, das Gesicht mit den Händen verhüllt, in den seidnen Kissen des Divans saß, der zwischen Orangen, Oleandern und Fuchsien stand. Die Dame antwortete nur durch ein leises Schluchzen. . .

Der Mann, in welchem Hardungen den Fremden mit der Cagliostrophhsiognomie, der mit ihm zugleich in den Vorsaal des Geheimeraths getreten, erkannte, setzte sich der Dame gegenüber, sie mit einem forschenden, fast lauernden Blicke betrachtend.

„Hören Sie mich an, Mathilde," begann er, „denn es ist nothwendig, in unser Beider Interesse dringend nothwendig, daß wir uns verständigen, nachdem uns das Schicksal so unvermutheter Weise wieder zusammengeführt." Er betonte das Wort „verständigen" durch Stimme und Geberde und schwieg dann, die Antwort der Dame erwartend.

Aber es vergingen fünf, zehn Minuten, ohne daß diese antwortete. Das Gesicht mit ihrem Taschentuche bedeckend saß sie, geistig wie körperlich zusammengebrochen, in bem Divan. Selbst ihr leises Schluchzen war verstummt. Sie schien nicht einmal mehr die Kraft zum Weinen zu haben.

Ihr Begleiter warf einen unruhigen Blick auf die stumme, regungslose, junge Frau an seiner Seite. . .

„Wir haben wenig Zeit, gnädige Frau," hob er mit einbringlicher Geberde wieder an, „man wird bald Sie und mich vermissen. . . Hören Sie mich also an. . . Unser beiderseitiges Interesse forbert es, baß wir in der von uns heute Abend gespielten Rolle beharren. . Wir haben uns früher nie gekannt . . nie! vergessen Sie das nicht, gnädige Frau, es könnten aus einer solchen Vergeßlichkeit verhängnißvolle Folgen entstehen. . . Unsere Bahnen sind getrennt, aber selbst wenn sie sich," und er legte einen gewissen Nachbruck auf diese Worte, „wieder kreuzen sollten, darf ich wohl hoffen, gnädige Frau, daß Sie mir nicht feinblich gegenüber stehen. . . Ich darf vielleicht sogar barauf rechnen, daß Sie, soweit es Ihnen möglich ist und voraus-

gesetzt, daß Sie sich dadurch in keiner Weise com=
promittiren, mir diese Wege ebnen werden. . ."

Bei diesen Worten zuckte die junge Frau zusam=
men, ließ die Hände vom Gesicht gleiten und wen=
dete sich mit einer raschen Bewegung nach dem Manne
um. . .

Harbungen unterdrückte mit Anstrengung einen
Ausruf der Ueberraschung. Die Dame war die
junge Frau von Olbers. . .

Eine tiefe Blässe deckte ihre Züge, ihre Augen
waren umflort, leise Schauer ließen ihre zarte Ge=
stalt erbeben. Wie sie so da saß mit den blonden
Locken, in ihrem weißen Atlaskleide, mit dem blei=
chen Antlitz und dem Blick voll des tiefsten Seelen=
schmerzes, fiel Harbungen die Erinnerung an eine
büßende Magdalena, die er vor einiger Zeit in der
Gemäldeausstellung gesehen, in die Seele. . .

Die Geheimeräthin rang nach Fassung, nach
Muth, diesem Manne gegenüber, der so unheilvoll
einst in ihre Schicksalskreise getreten war. . .

Mit bebender zuckender Lippe stammelte sie:

„Ich werde Alles thun... was Sie verlangen...
ist es doch auch mein heißer... inbrünstiger Wunsch,
zu vergessen ... ich werde mich nie erinnern, Sie

einst . . . gekannt zu haben," setzte sie mit kaum hörbarer, tonloser Stimme hinzu. . .

Um die Lippen des Mannes an ihrer Seite spielte ein leises, fast mitleidiges Lächeln.

„Das betrifft blos den ersten Theil unserer Vereinbarung," fuhr er dann fort, indem er seine dunkeln, ausdrucksvollen Augen auf die junge Frau heftete, die unter dem Einflusse dieses, bis in ihr Inneres dringenden Blicks das Haupt neigte und die Augen fast zitternd auf den Boden richtete, „vergessen Sie nicht auch den zweiten . ."

„. . . Ich verstehe Sie nicht," flüsterte die junge Frau. . .

„Wenn unsere Wege sich kreuzen sollten," wiederholte er, „so werden Sie mir etwaige Hindernisse zu ebnen suchen. . ."

Die Geheimeräthin erbebte. Sie fühlte, wie dieser Mann wieder seine Schlingen um sie zu legen suchte, wie er sie wieder unter dem Banne jenes fast magischen Einflusses, den er einst auf sie ausübte, beugen wollte. . .

„Versprechen Sie mir es?" frug er nach einer kleinen Pause, da die junge Frau in ihrem traurigen Schweigen verharrte. . .

Mathilde hatte indessen einen Entschluß gefaßt...
Sie wollte die Gewalt abschütteln, mit welcher je=
ner Mann sie sich wieder unterthänig zu machen ver=
suchte...

„Bevor ich Ihnen antworte," sprach sie mit lei=
ser, aber doch viel festerer Stimme als früher, „be=
antworten Sie mir eine Frage... eine Frage, die
mich Ihnen folgen ließ, die mich in dieses Zimmer
führte..."

Sie sprach die letzten Worte mit einem gewissen
Nachdruck, um ihm keinen Zweifel darüber zu las=
sen, welcher Beweggrund sie veranlaßt, ihm diese
Unterredung, um die er sie im Ballsaal in einem
kurzen Wort gebeten zu gewähren...

Der Andere verstand auch sofort den geheimen
Sinn dieser Betonung...

Diese junge Frau war ihm bis jetzt ebenso de=
müthig und unterwürfig in seinem Willen erschienen,
wie damals, als er sie... doch sie ließ ihm nicht
Zeit, diesen Gedanken nachzuhängen. Sie fuhr fort,
aber so leise, so flüsternd, daß Harbungen, der hin=
ter seiner Gardine wider Willen ein Belauscher
dieses seltsamen Rendez=vous geworden war, die
Worte nicht verstehen konnte... Er konnte auf

ihren Inhalt nur aus der Antwort des Andern schließen. .

„Ich erwartete diese Frage," antwortete Jener
mit einem ernsten, fast düsteren Ausbruck, von dem
Harbungen aber nicht unterscheiden konnte, ob es
nur Maske oder wirklicher Gefühlsausbruck war,
„ich erwartete sie . . wenn ich auch wünschte, daß
sie dieselbe lieber nicht gestellt. . . War mein Still-
schweigen über diesen Gegenstand nicht auch eine
Antwort? . ."

Die Geheimeräthin blickte den Sprechenden mit
athemloser Spannung an. . .

„Ich verstehe Sie nicht ganz," stammelte sie dann,
„Ihre Worte sind mir dunkel. . ."

„Warum verlangen Sie, daß ich das düstere
Wort ausspreche: er ist todt."

Die junge Frau stieß einen schwachen Aufschrei
aus und sank, sich das Antlitz mit beiden Händen
bedeckend, in die Kissen des Divans zurück.

Ihr Herz, welches so lange die Trennung von
einem theuren Wesen, einem heißgeliebten Kinde,
standhaft ertragen, erzitterte in seinen geheimsten
Tiefen bei diesem düsteren, nach Moder und Grab
duftendem Worte: er ist todt. . .

„Todt . . . todt," murmelte sie mit von Thränen erstickter Stimme, „und ich habe nicht noch einmal seine holden, lieben Augen gesehen, seine süße,
sanfte Stimme gehört, meine Hände um seinen Nacken
schlingen, ihm den kalten Todesschweiß von der Stirne
trocknen können. . ."

Ein tiefer, wilder Schmerz packte ihr ganzes Wesen und schlug seine scharfen Krallen in ihr wundes
Herz.

„Und nicht einmal an seinem Grabe weinen,
nicht beten kann ich an dem Hügel, unter welchem
mein armes, armes Kind schläft. . ."

Eine Thränenfluth brach aus ihren Augen. . .

Hardungen fühlte sich tief bewegt im Innersten
bei dem Schmerz dieser Frau, aus deren Vergangenheit ihm eine so düstere Episode vor die Augen
trat. . .

Die Bruchstücke dieser seltsamen Unterredung waren ihm genügend, um ein Ganzes daraus zu bilden. . .

Der ihr unbekannte Mann verharrte, während
sich das junge Weib ihrem Gefühlsausbruch, den sie
nicht länger zu unterdrücken vermochte, hingab, in
tiefem Schweigen. . . Seine Augen hafteten dabei

feft und forfchend auf ihr, als wollte er mit feinen
Blicken die innerften Gedanken aus ihrer Seele her-
vorlocken... Allmählig ging der fcharfe Schmerz,
welcher das Herz diefer unglücklichen Mutter zerriß,
in eine leife Wehmuth über... Sie hörte auf zu
weinen und fah mit trübe umflorten Augen still vor
fich hin... Plötzlich dämmerte ein feltfamer Argwohn
in ihr auf... Ihre Wangen fingen an zu glühen
und ihre Blicke richteten fich mißtrauifch auf den,
deffen Kunde ihre Seele mit fo tiefem Jammer erfüllte...

„Aber woher wiffen Sie, daß mein Kind todt
ift?" frug fie, ihr Stillfchweigen haftig brechend, mit
bebender Stimme und indem fich ein wildes, irres
Feuer in ihren Augen entzündete, „wer fagte es Ihnen? Sahen Sie es fterben, ftanden Sie an feinem Lager... hörten Sie feinen letzten Seufzer...
Was bürgt mir dafür, daß Sie mir die Wahrheit fagen?.. Sie wollen mich vielleicht nur quä-
len... peinigen. Wer weiß, zu welchem Zwecke
Sie diefe martervolle Lüge erfonnen haben... Nein,
nein, ich glaube Ihnen nicht... Ich will mich
felbft überzeugen... gleich jetzt... auf der Stelle...
Ich werfe mich meinem Gatten zu Füßen... ich ge-

stehe ihm Alles . . . er hat ein gutes Herz . . . er wird mir vergeben . . . er wird mir mein Kind suchen helfen . . . mein Kind . . . mein armes, verlassenes Kind. . ."

Die Pulse der jungen Frau klopften in fieberhafter Schnelligkeit, ihre Blicke irrten unstät und wild durch's Zimmer, ihr Athem flog heiß und stoßweise aus ihrer Brust . . . ihre Gedanken drohten sich zu verwirren. . . Sie wollte sich erheben, um nach der Thüre zu stürzen, sich ihrem Manne zu Füßen werfen — unbekümmert um den Aufruhr, den eine solche Scene in Gegenwart der Ballgäste verursacht hätte. . .

Aber der Mann, welcher ihr gegenüber stand, hatte keine ihrer Bewegungen außer Acht gelassen... Auch er war tief aufgeregt und auf seiner hohen Stirn standen Schweißperlen der Angst — aber dennoch hörte man kaum das Beben seiner Stimme, als er die junge, fast besinnungslose Frau mit rascher, fester Hand zurückhielt und ihr den Weg zur Flucht vertrat.

„Mathilde," sprach er, indem seine Blicke die ihrigen suchten... „Sie rasen .... Sie wollen sich muthwillig in's Verderben stürzen... Warum

zweifeln Sie an meinen Worten? . . Warum verlangen Sie, daß ich Ihnen das schmerzliche Doku-
ment, den Todtenschein unseres," er verbesserte sich
rasch, „den Todtenschein Ihres Kindes, den ich hier
in meiner Brieftasche habe, zeigen soll?" . .

Mathilde zuckte zusammen. Er hatte die letzten
Worte mit einer solchen Zuversicht gesprochen, daß
alle ihre Zweifel schwinden mußten. . . Mit dem
Zweifel schwand auch die fieberhafte Aufregung, diese
Exaltation, in wildem Aufruhr Alles, das eigne
Selbst mit Vernichtung bedrohend. . .

Ihre Arme sanken schlaff und matt herab, ihre
ganze Gestalt brach zusammen und eine gänzliche
Abspannung folgte dem leidenschaftlichen Erguß. . .

Der Unbekannte athmete hoch auf. . . Er fühlte
sich von einer drohenden, unmittelbar an ihn getre-
tenen Gefahr befreit, von einer Gefahr, welche vielleicht alle seine stolzen Zukunftsträume hätte vernich-
ten können. . .

„Mathilde," begann er wieder in ruhigem, festem
Tone, „welche Thorheit wollten Sie begehen . . .
mit eigener Hand die Fackel des Unheils in Ihr
Haus schleudern — ohne dadurch jenes arme Kind
wieder dem Leben zurückgeben zu können. . ."

„Wenn starb mein Kind?" hauchte die unglückliche Mutter hervor, das Gesicht tief in die Kissen
des Divans drückend und diese mit ihren Thränen
netzend.

„Es sind jetzt vielleicht sechs Wochen her, als
ich einen Brief von seinen Pflegeeltern empfing,
worin mir dieselben mittheilten, daß das Kind ge-
fährlich erkrankt sei. . . Wenige Tage später empfing ich die Nachricht seines Todes. . ."

„Sie haben mir nie den Namen der Stadt genannt, in welcher die Leute wohnten, denen Sie
dieses unglückliche, arme Kind anvertrauten — wollen Sie diese Grausamkeit auch jetzt nach seinem
Tode fortsetzen. . . Ich bitte, ich beschwöre Sie bei
Allem, was Ihnen heilig und theuer," und sie
streckte mit flehender Geberde die Hände nach ihm
aus, „nennen Sie mir den Ort und die Menschen,
die den letzten Seufzer meines armen, armen Kindes empfingen. . ."

Er zuckte leise mit den Achseln.

„Wozu von Neuem die Wunde aufreißen, wenn
sie zu verharschen beginnt. . . Uebrigens sind diese
Leute nicht mehr in Europa. Sie sind nach Ame-

rika ausgewandert, wenige Wochen nach dem Tode des Kindes. . ."

Noch einmal dämmerte ein schwacher Funke in dem Herzen der jungen Frau auf. . .

„Und sind Sie ganz überzeugt, daß kein Irrthum, keine Täuschung vorliegt?". .

„Welcher Irrthum wäre in diesem Falle möglich. . . So brav die Leute waren, denen ich die Pflege des Kindes anvertraute, so waren sie doch zu mittellos, mich durch eine fingirte Todesnachricht zu täuschen und bei ihrer Auswanderung die Sorge für das Kind zu übernehmen. Und dann der Todtenschein, den sie mir übersendeten. . . Um Sie aber vollständig darüber zu beruhigen," fügte er rasch hinzu, als fürchte er, daß das Mutterherz noch einen Zweifel hegte, „will ich Ihnen auch noch das sagen: ich war selbst nach dem Tode des Kindes an Ort und Stelle. . . Das Begräbniß war zwar schon vorüber, aber ich sprach mit dem Arzt, der den Kleinen während seiner Krankheit behandelt. Das Kind starb an dem Scharlachfieber und der Arzt erwähnte noch jenes seltsamen Maales, das der Knabe auf dem rechten Oberarm trug. . ."

„Eine Lilie mit drei Sternen," unterbrach ihn

die in athemloser Spannung lauschende arme, junge
Frau, mit einem herzzerschneidenden Ausdruck des
Schmerzes ... „o, wie oft bedeckten meine Küsse
und meine Thränen dieses Zeichen der Erinnerung
an ....“

„An eine Vergangenheit,“ unterbrach sie der
Andere, „die wir ruhen lassen wollen im Grabe der
Vergessenheit. Wozu Phantome wieder heraufbe=
schwören, die für Sie, wie für mich, Mathilde, nur
Schmerzen bringen? .. Nicht ich, das Schicksal,
der Wille des Allmächtigen wollte es nicht, daß un=
sere Lebenssterne in gemeinschaftlicher Bahn wandel=
ten... Aber weshalb sollten wir, die wir uns
einst so nahe standen, jetzt, da uns sein, des Herrn
Wille wieder zusammengeführt, feindselig gegenüber
stehen?“ ...“

Mathilde saß, das Haupt in die Hände gestützt und
mit mattem Auge hinaus in die dunkle Nacht blickend,
da, ohne daß sie mehr als den Schall der Worte
hörte, die der Andere ihr so eindringlich zuraunte...

Ihre Gedanken flogen, weit weg von diesem
glänzenden Festgepränge, das in den Prunkgemächern
um sie herum wogte, weit weg von dem Manne,
der ihr — Verderber geworden war. ..

Sie flogen zu einem kleinen, einsamen Grabe,
das keine Blume, kein Kranz von liebender Hand
darauf gelegt, kein Kreuz, kein Gedenkstein schmückte,
zu einem niedrigen grünen Rasenhügel, vielleicht
dicht an der Mauer, da, wo man die Hospital-
armen und die Selbstmörder begräbt. . . .

. . . .

Armes, verlassenes Kind, das nie das sorgende
Mutterauge über seine Lagerstätte sah, nie die sanfte
Stimme der Mutter hörte, nie ihre Liebkosungen
und Zärtlichkeiten empfing. . . O, das Herz hätte
ihr brechen mögen bei diesem Gedanken an das kleine,
in Einsamkeit und Verlassenheit gestorbene Wesen,
dessen Platz an ihrem Herzen, an ihrem Busen —
und das bezahlter Gleichgültigkeit zur Pflege und
Obhut anvertraut worden!

. . . .

Und von dem Grabhügel ihres Kindes flog ihre
Seele auf den Fittigen der Erinnerung hin zu den
sonnenbeglänzten, weinumrankten Ufern des Rhein-
stroms und sie sah sich wieder an seiner Seite, an
der Seite des Mannes, dem sich ihr junges Herz
mit der ganzen, schüchternen, keuschen Zärtlichkeit
einer vom Hauche der Verderbniß unberührten Mäd-

chenseele hingegeben. . . Sie schaukelten sich im
Boote auf den grünen Wellen, der Mond warf sein
silbernes Licht auf die Berge und Ruinen, die alten Thurmspitzen glitzerten, um den Loreley-Felsen
wogten weiße Nebel und der Abendwind wehte süße
Düfte, die er den blühenden Fluren geraubt, über
den Strom. . . Und in den klaren Fluthen spie-
gelten sich die Sterne wieder, und sie blickte bald
hinab in die von tausend goldenen Lichtern flim-
mernde Tiefe, bald in die treuen, ernsten Augen
ihres Freundes. Da, es war am Loreley-Felsen,
nicht weit von der Stelle, wo es den jungen, schönen Pfalzgrafen hinabzog, da neigte sie sich über
den Bord des Nachens, er schwankte, stürzte um,
und die Wellen schlugen über sie und ihren Verlobten zusammen. . . Eine Strömung riß ihn weit
von ihr hinweg; er kämpfte mit Riesenkraft dage-
gen, aber immer weiter und weiter trugen ihn die
Fluthen. . . Sie rief um Hülfe, sich an dem um-
gestürzten Nachen klammernd. . . Da, als schon
die Sinne ihr schwanden, tauchte eine hohe, dunkle
Gestalt aus den Nebeln auf, die um den Fuß des
Loreley-Felsens wogten. Eine starke Hand faßte sie,
zog sie in ein Boot und rettete sie dem Leben. . .

Aber dem Geliebten, dem eine günstige Strömung das Ufer erreichen ließ, war sie verloren. . .

Jene dunkle Gestalt, die so plötzlich aus den
Nebeln am Loreley-Felsen auftauchte, wurde ihr Ret-
ter und — Verderber. Es war ein reichbegabter
Mann, ein junger akademischer Lehrer an der nahen
Universität. Diese Lebensrettung wurde die Veranlassung, ihn zum häufigen Gast in dem Schlosse ihrer Eltern zu machen. . .

Und nun begann dieser Mann mit der gewaltigen
Rede, die ihm verliehen, mit der blühenden, dichte-
rischen Sprache seinen Einfluß auszuüben auf ihre
Sinne — nicht auf ihr Herz. Er führte sie in die
Zaubergärten jener erotisch-religiösen Dichtungen, an
denen der Orient und das Mittelalter so reich
ist, erfüllte ihre Phantasie mit glühenden Bildern
und Leidenschaften, und der Glanz seiner Worte ver-
dunkelte allmählig mehr und mehr die Erinnerung
an die edle Einfachheit ihres Verlobten, dem eine
Reise weit weg zu dem Krankenlager der fernen
Mutter, wenige Tage nach der verhängnißvollen
Rheinfahrt, geführt hatte.

Und sie erlag dem Zauber, mit dem dieser Mann
sie umstrickte. . . Sie vergaß die Schwüre, die sie

mit dem Geliebten getauscht... Und dann, dann —
o! es waren finstere, schwarze Wolken, die jetzt am
Horizonte ihrer Erinnerung hinsegelten, geschah das
Entsetzliche: er kam zurück von der Reise, von dem
Begräbniß der Mutter, er suchte sie im Park, in
der Laube, wo er ihren ersten Kuß empfangen, er
trat hinter jener Statue der Diana hervor, die am
Eingange stand, eine Lilie in der Hand, die er am
Wege gepflückt, und fand sie, umstrickt vom Zauber,
vom bösen Wahn, an der Brust jenes Mannes...
Er fluchte ihr nicht, kein Wort, das ihr galt, kam
über seine bleichen, bebenden Lippen... Aber er
schleuderte ihm, dem Verderber, seine Handschuh
in's Gesicht und nannte ihn einen Feigen, Elen=
den... Und dann der Blick, mit welchem er sie
ansah... O, dieser Blick, er war ihr furchtbarer,
als die heftigsten Verwünschungen...

Die Tage wilder Verzweiflung begannen mit
diesem Augenblicke... Vielleicht war es eine Gunst
des Himmels, daß in jener Zeit ihr Vater der
längst vorangegangenen Mutter in's Grab folgte...
Heimlich, zitternd vor der Furcht der Entdeckung,
zerrissen von den heftigsten Seelenschmerzen um den
verlornen, verrathenen Geliebten, gab sie einem

Kinde das Dasein, welches ihr Verderber ihr wenige Tage nach seiner Geburt wieder raubte, um
es der Pflege fremder Leute anzuvertrauen. . . Ein
Jahr später bewarb sich Herr von Olbers um ihre
Hand, die sie ihm gab, nicht aus Liebe oder sonsti-
ger Neigung, sondern weil es ihre Verwandten
wünschten und weil sie willen= und energielos Alles
über sich ergehen ließ, wie fremder Einfluß ihr Geschick bestimmte. . .

Sie war reich und schön — Herr von Olbers
schien im Besitz dieser schönen, reichen Gattin glück=
lich, so weit er es in seiner Art überhaupt sein
konnte und Mathilde hatte Scham und Scheu vor
dem Gatten bis heute zurückgehalten, ihm ein Ge-
ständniß über jene traurige, verhängnißvolle Episode
ihrer Vergangenheit abzulegen. . .

Da trat ihr wieder jener Mann entgegen. Der
Verführer ihrer Jugend, der Verderber ihrer ersten,
vielleicht einzigen, wahren Liebe. . .

Er kam mit der Kunde von dem Tode jenes so
oft von ihr in einsamen Stunden heiß beweinten
Kindes, das fern von dem liebenden Mutterauge in
freudenloser Jugend, vielleicht unter harten Menschen gelebt. . . Und dieser Mann trat ihr entgegen'

keck und unbefangen, mit der Macht über sie aus-
gerüstet, die ihm jenes Geheimniß gab... Ein Wort
von ihm, und ihr Gatte wußte Alles: Scheidung
und Schande schwebten vor ihren Augen. Sie dachte
kaum daran, daß dies Geheimniß wie eine zwei-
schneidige Waffe war, die auch den verwundet, der
sie ungeschickt führt, daß die Enthüllung auch ihn,
ihren Verderber mit treffen mußte. Daß es ihm,
der seinen fleckenlosen Ruf wie ein glänzendes Schild
den Angriffen der Welt entgenhielt, gleichfalls verhängnißvoll werden mußte. — wenn es aufhörte,
Geheimniß zu sein.

Aber Mathilde gehörte nicht zu den Muthigen,
Entschlossenen ihres Geschlechts. Sie war ein schwa-
ches Weib, dem Impuls des Augenblicks, den Ein-
wirkungen des Gemüths zu sehr unterworfen, um
Alles das mit ruhigem Blicke abzumessen. In dem
Augenblicke auflodernder Exaltation wäre sie vielleicht fähig gewesen, alle Furcht und Rücksicht zu
durchbrechen, den Einfluß, den dieser Mann wieder
über sie zu gewinnen suchte, abzuschütteln — aber
nachdem der Zustand der Abspannung eingetreten,
behielt sie zu Nichts anderm Kraft, als zu weinen
und zu träumen. . .

Eine lebhafte Bewegung des Mannes, der ihr gegenüber saß, schreckte sie aus ihren Träumen auf. Er hatte sich erhoben und warf einen Blick auf seine Uhr...

„Wir müssen uns trennen, gnädige Frau, eine längere Abwesenheit würde auffallen. Die Planeten dort," und er deutete nach dem Salon, „vermissen ihre Sonne... Wir werden uns wiedersehen... Vielleicht recht bald, und vergessen Sie nicht, was ich Ihnen beim Eintritte sagte: Kreuze keiner feindlich des Anderen Bahnen."

Die Geheimeräthin ging, ohne ihm eine Sylbe zu entgegnen; stumm, fast mechanisch folgte sie seinen Worten...

Der Andere folgte ihr mit einem nachdenklichen Blick, doch zufrieden mit dem Resultate dieser Begegnung.

Als Harbungen hörte, wie sich die Thüren hinter den Beiden geschlossen hatten, trat er vorsichtig aus seinem Versteck hervor...

Er war blaß und aufgeregt. Standen ihm diese beiden Personen, in deren vergangenes Leben er so plötzlich einen tiefen Einblick gethan, so fremd, wie irgend Jemand, so fühlte er sich doch lebhaft be-

wegt durch den Schmerz der jungen Frau, durch
ihre Hilflosigkeit, die sie ganz der Discretion des
Mannes überantwortete. . .

Wer aber war dieser Mann, gegen welchen sich
in seinem Innern gleich beim ersten Anblick jene in-
stinctive Abneigung geregt, die entsteht, ohne daß
man einen positiven Grund dafür angeben kann?

Wer war er?

In dem Moment, wo er diese Frage an sich
selbst richtete, dabei auf die Lehne desselben Sessels
gestützt, auf dem der Unbekannte noch vor wenigen
Minuten gesessen, öffnete sich die Thüre, welche
nach dem Salon führte, und Jener tritt mit einer
lebhaften Geberde, die Augen spähend auf den Fußboden gerichtet, herein. Erst wenige Schritte von
Harbungen entfernt, erhebt er seine Blicke und bemerkt mit leichtem, jähem Schreck die Anwesenheit
desselben. . .

Auch Harbungen stutzt, als er den Unbekannten
so plötzlich vor sich sieht und eine Secunde lang
ruhen die Augen dieser beiden Männer, die bis jetzt
noch nie ein Wort mit einander gewechselt, mit dem
feindseligen Ausdruck erbitterter Gegner auf einander...

Nur mischte sich dem Blicke des Andern ein

Mißtrauen bei, das aus der Besorgniß entsprang, an Harbungen einen ungeahnten Zeugen seiner Unterredung mit Frau von Olbers gehabt zu haben...

Der Verlust eines kleinen Notizbuchs, das er auf den Divan zurückgelassen und dessen er sich nach Ueberwindung des ersten Schrecks mit rascher Geberde wieder bemächtigte, hatte ihn noch einmal in das Zimmer zurückgeführt, wo er wieder diesen Mann treffen mußte, den er seit heute Abend als seinen Gegner betrachtete, mit welchem es einen Kampf auf Tod und Leben galt...

Aber kein Wort, keine Geberde verrieth den Haß, den diese beiden Männer, die sich jetzt zum ersten Male Auge in Auge gegenüber standen, gegenseitig empfanden.... Ohne eine Begrüßung, ohne ein Wort zu wechseln, verließen Beide das Gemach...

Aber Harbungen ließ es keine Ruhe. Er mußte wissen, wer jener Mann war.

Der Zufall führte ihn den Geigenspieler Herrn von Wolkowsky in den Weg.

„Ein Wort, Herr von Wolkowsky... Kennen Sie jenen Mann dort mit den dunklem, düsterm Blick, der stolzen Haltung?"..

Wolkowsky lächelte.

„Sie scheinen ein eigenthümliches Interesse für einander zu haben. Vielleicht vor einer Stunde, eben als Sie mit Fräulein Linda von Olbers tanzten, frug mich jener Herr nach Ihrem Namen. Es ist der neue Director der königlichen Privatmuseen, der Doctor Marecampus," setzte der Virtuos hinzu, „und nun abieu, man arrangirt eine Whistpartie ... empfehlen Sie mich der göttlichen Selma. . ."

„Narr," dachte Harbungen, dabei verächtlich die Achseln zuckend.

„Ah, der ist es also?" sprach er dann bei sich selbst, der neue Mignon der königlichen Gunst. . . Nun läugne mir noch einer die Berechtigung des Instinkts," lächelte er.

Es litt ihn nicht länger auf dem Feste. . . . Linda, mit welcher er gern noch ein paar aufklärende Worte gewechselt, sah er nicht mehr im Salon. Sie hatte sich wahrscheinlich schon auf ihr Zimmer zurückgezogen. . .

Er nahm seinen Hut und Mantel und eilte durch den Vorsaal die Treppe hinab. . .

Eine halbe Stunde später verließ auch der Museendirector die Wohnung des Geheimeraths. . .

Es war ein heller Winterabend und der Director schickte den Schlitten, der an der Auffahrt auf
ihn wartete, leer zurück. Er wollte die kurze Strecke
nach seiner Wohnung zu Fuße zurücklegen, um in
der kalten, reinen Winterluft sein durch die Begeg=
nung mit Mathilde in Wallung gekommenes Blut
abzukühlen... Mit langsamem Schritt und mit vol=
len, tiefen Zügen die reine Luft einathmend, ging
er die Straße hinab... Nur wenige Menschen begegneten ihm, es war schon spät gegen Mitternacht..
Der Mond goß sein klares, kaltes Licht herab und
die Gaslaternen warfen ihre leuchtenden Reflexe
auf den glitzernden und unter den Fußtritten kni=
sternden Schnee... Marecampus hob den Kopf
und sah sinnend empor zu den Giebeln der alten
hochstöckigen Häuser, die mit vielen Ornamenten
verziert, den großen, oft grotesken Styl des Mit=
telalters trugen.

Der volle Glanz der Mondstrahlen fiel auf sein
ausdrucksvolles Gesicht und ließ jeden seiner Züge
deutlich erkennen... Und da geschah es, daß ein
Mann in einen Mantel gehüllt, eiligen Schritts um
die Ecke bog und den in Gedanken Versunkenen,
mit erhobenem Kopf dahin Wandelnden, fast anstieß...

Marecampus und der Andere prallten zurück, sahen sich einen Augenblick mit jäher Ueberraschung an; dem Einen, wie dem Andern erschienen des Andern Gestalt wie ein aus der Erde hervorgestiegenes Phantom. . .

Wie angewurzelt standen sie . . . regungslos einander anstarrend. Da keuchte ein Dritter zur Straße herauf. . . .

„Bei allen Krokodillen des Nils, Doctor," rief er von Weitem, „was stehen Sie wie Lot's Weib, gleich einer Salzsäule da. . . Der Gang in die Apotheke dauerte mir eine Ewigkeit, bei allen Bestien der Urwälder, kommen Sie, sonst stirbt uns das Kind." Und er faßte den Andern unterm Arm und zog ihn, der wie im Traume war, mit sich fort. . Marecampus starrte dem Paare nach.

„Ist die Hölle heute los?" murmelte er, „er war es . . . er ist hier — und sie — weiß sie es — oder weiß sie es nicht?—"

———

Siebentes Kapitel.

Pyramiden und — Kasernen.

Die schöngeistige Abendgesellschaft war heute von Seiner Majestät früher, als es sonst geschah, entlassen worden... Die Herren Hofrath Schlagfelber, Professor von Koppelsdorf hatten sich mit tiefen Bücklingen und neidischen Seitenblicken auf den Museendirector, welchen der König durch einen Wink bedeutet hatte zu bleiben, entfernt...

Die Majestät saß in einem Armsessel und bohrte die Spitze des Stiefels in das weiche, zottige Fell eines großen Neufundländers, welcher auf einem prachtvollen Teppich vor den Füßen des Fürsten lag...

Die Majestät war übellaunig, mißmuthig an diesem Abend.

Und sie glaubte Grund zu diesem Mißmuth zu haben...

Der Museendirector kannte diesen Grund recht wohl, aber er hütete sich, die Wunde direkt zu berühren, auf diesen königlichen Mißmuth baute er das Gebäude seiner Zukunft auf...

Der König hatte nach längerem Schweigen eine Frage über Marecampus' Aufenthalt in Aegypten hingeworfen. Dieser gab einige lebhaft gefärbte Schilderungen dieses alten wunderbaren Landes, das die ältesten Denkmäler und Spuren der menschlichen Gesittung enthält...

„Sire, Sie erwähnten die Pyramiden von Gizeh," so schloß er... „Es war eine wundervolle, mondbeglänzte Zaubernacht, wie Meister Ludwig sagt, die sich herabgesenkt auf die Ufer des Nils... Ich saß auf der Pyramide des Cheops und blickte hinaus in die helle Landschaft. Fünf Jahrtausende zogen an meinen Blicken vorüber... Mein Geist versenkte sich in jene Zeiten, wo die Hirtenvölker in jenes Land fielen, in welchem schon die Cultur ihre ersten Zeichen eingegraben, als noch das Kreuz des Südens, welches jetzt dem Seefahrer an den Gestaden Südamerika's aus der nächtigen Himmelsbläue entgegenglänzt, über den Eichen= und Buchenwäldern der baltischen Länder stand... Vom Saume

12*

der Wüste sah ich sie herziehen die große Caravane...
Dunkle Gestalten, in weißen, faltigen Gewändern,
voran die Priester mit den blitzenden Reifen um das
Haupt, auf hochbepackten Dromedaren. Der Staub
der Wüste, die Ermattung der weiten Reise lag
auf ihren Gestalten, in ihren Zügen. Von dort,
wo die Wellen des weißen und des blauen Nils
sich mischen, aus den Ebenen des südlichen Nubiens
kamen sie... Und wieder wandelten Jahrtausende
vorüber... Ein zahlreiches gedrücktes Volk, aus
Asiens Ebenen stammend, wallte um die Ufer des
heiligen Flusses... Und empor unter ihren fleißi-
gen Händen stiegen die Denkmäler, welche sich die
Pharaonen aufbauten, die Mausoleen eines Königs-
geschlechts, das über zwei Jahrtausende seine Scep-
ter über dieses Reich ausstreckte... Das waren
Könige!.. O, Sire! mich faßte ein heiliger Schauer
bei der Erinnerung an jene alten Dynasten, deren
Staub unter mir moderte, in den Todtengemächern
der Pyramide, bei der Erinnerung an die Macht
und den Glanz dieses Purpurs, der den Thron des
Sesostris bekleidete... Ein Wort aus dem königlichen Munde und es entstanden jene gigantischen
Denkmäler, die seit Jahrtausenden bis herauf zu

unseren Tagen durch ihre einfache Erhabenheit von
der Macht und der Herrlichkeit jener Könige kün=
den. . . So lange dieser Erdball die Bahnen durch=
eilt, die ihm die Hand der Gottheit angewiesen,
so lange werden die Namen jener ältesten Herrscher
des Aegypterlandes, die Namen Cheops, Chephren,
Mycerin die Gemüther der Sterblichen mit scheuer
Ehrfurcht erfüllen. In Staub zerfallen ist das Reich
des großen Macedoniers, in Trümmer gegangen
die Herrschaft der stolzen Cäsaren — die Pyrami=
den stehen noch. ."

Der König hatte das Haupt in die Hand gestützt
und gedankenvoll vor sich niederblickend, der Schil=
derung zugehört. . . Weder eine Geberde, noch ein
Wort hatte den Erzähler unterbrochen. Das tiefe
Schweigen des Fürsten dauerte auch noch eine Weile als
der Museendirector geendet hatte und in sichtlicher
Spannung irgend eine Aeußerung erwartete. . .

· Marecampus kannte die Eigenthümlichkeiten der
Majestät sehr gut. Er wußte, daß dieses Schwei=
gen die Stille vor dem Sturm bedeutete, der um
so mächtiger losbricht, je dumpfer und je lautloser
die vorhergehende schwüle Ruhe der Natur gewe=
sen. . .

Plötzlich zerreißt ein jähes, thierisches Schmerz=
geheul die Luftschwüle des Gemachs.

Ein heftiger Fußtritt des königlichen Herrn hat
bei dem raschen Aufspringen des Fürsten den Neu=
funbländer getroffen, der sich winselnd unter das
Sopha schleppt. . .

Der König ruft ihm ein zorniges Couché zu und
mißt mit heftigem, leidenschaftlichem Schritt das
Cabinet. . .

Mit einem Male hält er in seinem Auf= und
Niederschreiten inne und bleibt dicht vor Marecampus
stehen, welcher vor dem lebhaften Blicke des Für=
sten, vor diesem zornig funkelnden Auge das seinige
mit einer gewissen scheuen, ehrfurchtsvollen Miene
zu Boden schlägt, als könne er den Blick der Ma=
jestät nicht ertragen.

„Und mir verweigerte," rief der König im Tone
des tiefsten Unwillens, „der Minister der öffentlichen
Bauten und der Finanzminister diesen Morgen die
Bagatelle von zehntausend Ducaten, die ich für die
Vollendung meiner Alhambra auf der Fasaneninsel
brauche. . . Mir, dem Könige dieses Landes, hält
man diese Bagatelle vor, unter leeren, hohlen Aus=
reden. . ."

„Sire, Sie ſind ein conſtitutioneller König. . .
Zu jenen Zeiten, da man die Pyramiden baute,
wußte man nichts von jener Theilung der Gewalten,
von dem le roi regne mais non gouverne. . .“

„Das heißt, der König iſt eine Gliederpuppe,
die der Herr Finanzminiſter einmal an dieſem, der
Herr Miniſter der Juſtiz an jenem Arme zieht. . .
Wenn ich noch eine Million verlangt hätte! . . .
Aber zehntauſend Ducaten. . . Ich wollte die Al-
hambra zu einer Caſerne für die Grenadiere meiner
Garde einrichten . . . man hätte ſie auf das Bud-
get ſetzen können, aber der Finanzminiſter ſcheut die
Vorwürfe der Kammer . . . er fürchtet eine An-
klage. . .“

„Und zeigte ſich nicht Seine Excellenz der Kriegs-
miniſter geneigt den Intentionen Eurer Majeſtät ent-
gegenzukommen durch die Uebernahme der Verant-
wortlichkeit dem Landtage gegenüber. . .“

„Ah, bah, reden Sie mir nicht von dem Kriegs-
miniſter... Der ſchwitzt ſchon Angſtſchweiß, wenn man
ihm nur das Wort Kammerdebatte nennt. Als er
im vorigen Jahre die zwei Millionen Nachbewilligung
für die Armee verlangte und man ihm etwas ſcharf
zuſetzte, verſicherte er mir, daß er lieber zehnmal

eine Batterie stürme, als noch einmal sich diese Raisonneurs auf den Hals ziehen wolle. . ."

Der Museendirector nahm den Ausdruck jener tiefen und ehrfurchtsvollen Ergebenheit an, welcher den Mächtigen so sehr schmeichelt, vielleicht, weil sie immer seltner wird:

„Ist die Zahl der Männer, welche für den Dienst und das Interesse ihres Herrn und Königs sich auch vor den bittersten Prüfungen nicht scheuen, eine so kleine?"

Die Frage war kühn, gewagt. Es war ein Senkblei, welches Marecampus in die Tiefe der Seele des Fürsten warf.

Der König streifte den Frager mit einem raschen, forschenden Blick. . . Dieser hatte den seinigen fest auf die Parquetdiele geheftet, der Antwort des Königs harrend. Aber die Majestät schwieg, setzte, wenn auch ruhiger und gemäßigter, die Wanderung durch das Zimmer von Neuem fort. . .

Es war ein leidenschaftlicher, aber leicht schwankender, in seinen Entschlüssen veränderlicher und auch ängstlicher Mann. . . Nur mit Widerstreben trug er die constitutionellen Beschränkungen. Er würde den mit Ehren und Würden überhäuft haben, wel-

cher ihm die absolute Königsgewalt wieder hätte her=
stellen können, aber um keinen Preis würde er es
gewagt haben, selbst einen ihn compromittirenden
Schritt zu thun — und vielleicht durch einen gewalt=
samen Staatsstreich die alte Ordnung der Dinge
wieder herzustellen. . .

Eine mit Straßen= und Barrikadenkampf in den
Hauptstädten des Landes verbunden gewesene Volks=
erhebung hatte den Vater des Königs zur Ertheilung
einer Constitution gezwungen und der Sohn hatte
nach dem einige Jahre später erfolgten Tode seines
königlichen Vaters die Regierung angetreten und den
Eid auf die Verfassung, die schon tiefe Wurzeln
im Volke geschlagen, abgelegt. . .

Als Marecampus sah, wie der König beharrlich
schwieg, fuhr er noch immer mit jenem Ausdrucke
der Ergebenheit, aber indem dabei eine gewisse Er=
regtheit im Tone der Stimme durchklang, fort:

„In den Landen Eurer Majestät leben edle Ge=
schlechter, deren Ahnen so alt sind wie die der
Montmorency's in Frankreich, edle Patricier, deren
Vorfahren mit dem Ahnherrn Ihres erlauchten Hau=
ses die Schlachten der Kreuzzüge mit fochten. . .
Ist keiner unter ihnen, welcher für seinen königlichen

Herrn sich opfern würde — keiner, der sich den
Ruhm verdienen möchte, den Glanz der Krone wie=
der hellfunkeln zu lassen vor allem Volke, den kö=
niglichen Purpur zu reinigen von den Tintenflecken,
welche die Constitutionsschreiber und Verfassungsma=
cher ihm angespritzt haben. . .“

Der König zuckte, fast erschrocken über diese
kühne Andeutung, die in den Worten des Museen=
directors lag, zusammen. . .

„Lassen wir das Thema fallen, lieber Marecam=
pus,“ sprach der Fürst mit plötzlich ganz verän=der=
tem, leisem Ton, der seltsam genug gegen das frühere,
leidenschaftliche Wesen abstach, „es ist das ein ge=
fährliches Kapitel. . . Ich werde wohl sehen, wie
ich die paar Ducaten,“ fügte er seufzend hinzu,
„welche ich für meine Alhambra brauche, auf andere
Weise beschaffe.“

Dann trat er dicht an den Andern heran und
sprach mit leiser Stimme, als fürchte er fast, die
Worte könnten hinausfliegen über die Schwelle des
Gemachs, wenn er sie stärker betonte, „die Zeiten,
mein lieber Marecampus, sind vorbei, daß sich die
Herren im Ritterdienst für ihre Könige opferten . . .
sie verlangen eher, daß wir uns für sie opfern. . .

Wir müssen unser Schicksal ertragen. . . Es geht
ein böser Geist durch die Länder, der überall den
Saamen des Unfriedens ausstreut. . . Und dann
will ich nichts von Gewaltthat wissen. . . Hu!"
und er machte eine Geberde des Abscheus, „ich denke
mit Entsetzen an die Schreckenstage zu meines hoch-
seligen Vaters Lebzeiten. . . Wie die Schüsse knall-
ten. . . Wie die Leichen, die blutigen durch die
Straßen getragen wurden. . . Nein, nichts da von
Gewalt. . . Die Könige, mein lieber Marecampus,"
schloß der Souverain in einer Anwandlung menschlicher Offenherzigkeit, „haben wenige wahre Freunde...
Ich glaube Sie gehören zu diesen Wenigen. . . Ich
liebe meine Herrn Minister sammt und sonders
nicht, aber kann ich es ändern? . . . Setze ich
sie ab, bekomme ich vielleicht noch andere anra-
girtere Constitutionsausleger. Laissons cella, mon
ami," fügte er in vertraulichem Tone hinzu, „und
sein Sie überzeugt, daß ich Ihre Ergebenheit zu
schätzen weiß. . ."

Marecampus verneigte sich ehrerbietig.

„Ich gehorche meinem königlichen Herrn," sprach
er mit bewegter Stimme und ehrfurchtsvollem Ausdrucke, „aber mein Herr und König wird mir ge-

statten jenen geistigen Kampf mit den Feinden der Gewalt von Gottes Gnaden aufzunehmen, der oft erfolgreicher als der des Schwertes ist. . . Mein Herr und König . . . wird mir . . ."

Der Monarch unterbrach, sich ängstlich die Hände reibend, den Sprechenden:

„Vorsichtig, vorsichtig, mein lieber Marecampus — und vor Allem schweigen Sie gegen Jedermann über diese Unterredung."

Und ohne dem Museendirector Zeit zu einer weiteren Entgegnung zu lassen, fügte er rasch und im herablassendsten Tone hinzu:

„Gute Nacht, mein lieber Marecampus, auf Wiedersehen morgen zur Tafel. . . Vergessen Sie nicht, mir die Zeichnungen der griechischen Antiken, von denen Sie neulich sprachen, mitzubringen."

Als Marecampus aus dem Portale des königlichen Schlosses trat und sich in den für ihn bereitstehenden Hofwagen warf, trug er sein Haupt noch stolzer und siegesgewisser, als neulich, da er die Unterredung des Herrn Hofrath Schlagfelder und Professor von Koppelsdorf belauscht hatte. . .

Die Eindrücke der mit der Majestät eben erlebten Scene schwellten sein Herz mit kühnen Hoffnungen und färbten seine Stirn mit lichter Gluth. . .

In halblautem Selbstgespräch traten sie aus dem Schrein des Herzens. . .

„Die Zeiten sind vorbei da sich die Herren im Ritterdienst für ihren König opferten. . . Wohl, wenn die Ritter zittern und ihre Pflicht vergessen, dann geht der Ruf an Jeden, der sich berufen fühlt zum Werke der Rettung. . . Wenn die Burgen dem Rufe ihres Herrn die Thore schließen, dann öffnen sich die Thüren der Hütten. . . Der in Niedrigkeit und Staub Geborne wird wieder das Heil der Welt."

Mächtig gährte es im Hirn dieses Mannes, in welchem Fanatismus und ein zur Intrigue drängender Ehrgeiz in wilder Flamme loderte. . .

Sein Blick flog bis zur ersten Jugendzeit zurück. . .

Sein Vater war durch die Gunst des verstorbenen Königs vom Kammerlackai bis zu dem einträglichen Posten eines Inspectors auf einer königlichen Domaine befördert worden. . . Seine Mutter war bei einer Prinzesin des königlichen Hauses Kammerfrau gewesen. . .

Die tieffte, unbedingteste Ergebenheit gegen das königliche Haus, ein bis an das Sclavische streifender Gehorsam, ein Gehorsam, der mit Gefangennehmung des eignen Urtheils Alles vollzieht, was ihm von Oben befohlen wird, eine religiöse Anschauung, welche den Glauben an das absolute Königthum für unzertrennlich hielt mit dem Glauben an Gott, mit dem Christusglauben, ein tiefgewurzelter Haß gegen alle entgegengesetzten Bestrebungen: das waren die Grundsätze seiner Eltern, das die geistige Luft, in welcher der Knabe Joseph athmete. . .

Aber selbst in solchen sclavisch-gesinnten Gemüthern, wie es Joseph's Eltern waren, keimt ein gewisser Ehrgeiz. Um keinen Preis hätte der Vater zugelassen, daß Joseph dieselbe Laufbahn betrete, die er zurückgelegt hatte. Der Sohn wurde für das theologische Studium bestimmt. Joseph erhielt bei seinem Abgang vom Gymnasium zur Universität ein günstiges Zeugniß in litteris, sein Sittenzeugniß enthielt die Bemerkung, daß es zumal in Hinblick auf den gewählten Beruf eines Gottesgelehrten wünschenswerth sei, wenn Joseph eine gewisse Selbstüberhebung und einen leidenschaftlichen Ehrgeiz, von

denen oft Spuren sich gezeigt, energisch bekämpfe...
Als Joseph die Universität bezog, waren in dem
Ministerium seines Staats die Dunkelmänner am
Ruder... Eine fanatische Orthodoxie, in welcher
jeder Andersgläubige als Ketzer und Revolutionär
erschien, dem man auf jegliche Weise die Lebensbahn
verlegte, herrschte... Sie hatte von dem Protestan-
tismus nichts als den Namen... Jede Protestation
gegen die Gefangengebung der Vernunft an den
todten Buchstabenglauben und die Menschensatzungen,
wurde als Hochverrath von ihr angesehen und wenn
auch nicht gerade immer mit dem Criminalgesetzbuch,
doch auf andere gleichfalls peinliche Weise verfolgt.
Dieser Partei, welche zugleich die Lehre von der
absoluten Fürstengewalt, als in den Worten der
Schrift begründet, predigte, welche für den Armen
und Gedrückten den Hinweis auf die himmlische Se-
ligkeit hatte, für sich aber mit gierigen Händen die
Güter dieser Welt in Anspruch nahm, schloß sich
Joseph Marecampus an... Die mit der Mutter-
milch eingesogenen und durch die väterliche Erziehung tief eingeprägten Grundsätze, stimmten vollkommen mit jener Richtung überein. Zwei sehr individu-
elle Motive traten auf seinem Lebenswege hinzu, ihn

in dieser Richtung zu bestärken. Das erste war ein
ursprünglicher, ungemessener Ehrgeiz, eine Leiden=
schaft zu herrschen, welche beide Gefühle er durch
Anschluß an diese im Besitze der Gewalt befindliche
Partei am Sichersten befriedigen zu können hoffte.
Das zweite hing mit jenem verhängnißvollen Ver=
hältniß zu Mathilde von Olbers zusammen... Denn
jener Mann, jener Verlobte Mathildens, den sie
trotz jener unseligen Verwirrung noch immer liebte
im Tiefsten ihres Herzens, war ein enthusiastischer
Anhänger jener erhabenen Grundsätze bürgerlicher
und religiöser Freiheit, zu welchen sich zwar nicht
immer die Mächtigsten, aber doch die Besten des
Menschengeschlechts bekannt haben. . .

Mathildens holde Liebenswürdigkeit reizte Mare=
campus, den das Schicksal auf eine so romantische
Weise, als Lebensretter, mit dem jungen Mädchen
zusammengeführt, ebenso wie der Gedanke, sie einem
Manne abwendig zu machen, der ihm als schroffer
Gegner in politischer, wie in religiöser Ueberzeu=
gung gegenüber stand. . .

Marecampus hatte ein Steckenpferd. Trotz sei=
ner streng=dogmatischen Anschauungen war er kein

so erbitterter Gegner des Alterthums, wie viele Leute der Umkehr es sind. . .

Er hatte sich schon während seiner Studienzeit gern und oft mit der Baukunst der Griechen und Römer beschäftigt und als er später sich an der Universität habilitirte, trieb ihn diese Neigung zu Reisen nach Italien, Griechenland, dem Orient. Diese Reise kostete ihm den Rest des elterlichen Erbtheils, entschädigte ihn aber außer der wissenschaftlichen Ausbeute auch noch durch die Bekanntschaft mit dem jetzigen König, damals noch Kronprinz, die er in Rom machte. . .

Das Amt eines Directors der königlichen Museen wurde später die lohnende Frucht dieser Bekanntschaft. . .

Während seines Aufenthaltes in Rom hatten sich auch in Folge mehrfacher Begegnungen die Fäden zwischen ihm und jener geheimen Macht geknüpft, deren Einfluß sich durch die verschiedensten Verbindungen, wie ein feines Gift durch alle Kanäle des menschlichen Körpers in fast alle Theile der katholischen, wohl oft auch der protestantischen Welt ergießt.

Man hatte ihn zum Convertiten machen wollen...

Aber die Versuche scheiterten — wohl eben so sehr an Marecampus kirchlichem Gewissen, als an seiner Klugheit, die es ihm vortheilhafter erscheinen ließ, sich dem Orden gegenüber eine gewisse Unabhängigkeit zu sichern. . .

Die Fäden wurden fortgesponnen, als er wieder nach Deutschland und zu seiner Wirksamkeit als akademischer Lehrer zurückgekehrt war. . . Mit vieler Schlauheit suchte man von jener Seite etwaige Glaubensscrupel zu beseitigen und auch die Bekehrungsversuche wurden seltner. Jener Brief, welcher Marecampus in der für ihn so bedeutungsvollen Nacht wieder zufällig beim Durchwühlen seiner Papiere in die Hände gerieth, hatte den letzten derartigen Antrag erhalten. . .

Er hatte ihn zurückgewiesen, ohne daß damit von beiden Seiten gebrochen worden wäre. . .

Seine Gedanken weilten noch bei diesem Verhältniß, als der königliche Hofwagen, der ihn bis zu seiner Wohnung gebracht, vor derselben hielt. . .

Er begab sich in sein Arbeitscabinet, sinnend über des Königs letzte Worte und über die Mittel, zu seinem Ziele zu gelangen.

Er verhehlte es sich nicht, es war eine titanenhafte Aufgabe, die er sich gestellt.

Die Verfassung des Landes umzustürzen, sich
zum ersten Minister des Königreichs emporzuschwin-
gen, dann das Land und den König unter seine
starke Hand beugen, alle jene verhaßten Ideen von
politischer Freiheit und religiöser Toleranz aus den
Gemüthern der Menschen, alle die Volksrechte schir-
menden Einrichtungen aus dem Organismus des
Staates zu reißen und an die Stelle den Staat zu
setzen, wie er sich ihn aufgebaut, gewissermaßen der
Prophet einer neuen Aera im Staatsleben seines
Vaterlands zu werden: Marecampus fühlte trotz
seines Selbstgefühls, seines ungemessenen Ehrgeizes,
seiner Verachtung aller Hindernisse, daß dies Programm eines Lebenskampfes etwas von der Ausge-
burt der Phantasie eines Wahnsinnigen an sich trug,
wenn der, welcher sich dieses Programm gesetzt,
nicht entschlossen war, mit eisernem Willen Alles an
Alles zu setzen. . .

Es giebt Tausende, welche nur das bloße Aus-
sprechen eines solchen Gedankens durch einen Mann
in der Stellung des Museendirectors, für eine Narr-
heit, eine fixe Idee halten werden. Aber Alle sie vergessen, daß die romantischen Charactere zwar sehr selten geworden, aber doch noch nicht ganz ausgestorben sind. . .

Die romantischen Charactere waren zwar häufiger zur Zeit Mahomet's — durch dessen Wesen ein lebhafter Zug ursprünglicher Romantik geht — zur Zeit Harun al Raschits, Karl des Großen, zur Zeit Christoph Columbus, dessen romantischer Natur und den daraus sich entwickelnden Ideen vielleicht ebenso viel Antheil an der Entdeckung der neuen Welt gebührt als seinen wissenschaftlichen Untersuchungen und seemännischen Erfahrungen — sie waren zahlreicher selbst noch später zur Zeit der Reformation, aber ausgestorben sind sie nicht und die neuste Zeit ist sogar sehr darnach angethan ihre Entwicklung mehr zu begünstigen, als es seit Langem je der Fall. . . Bedarf es mehr, als zwei Namen zu nennen, deren Träger zwar ihrem Character, wie ihrem Streben nach durchaus verschieden, aber doch darin eine Gemeinschaft besitzen, daß eine starke romantische Strömung durch die Tiefe ihrer Natur zieht: Louis Napoleon III. und Giuseppe Garibaldi?

Wir verstehen, wenn wir bei allen diesen Männern von einem romantischen Zug ihres Characters reden, darunter nicht die mittelalterliche Don Quixoteril, wie sie Tieck, die Schlegel, de la Motte Fouqué auffaßten, sondern den geheimen, unwidersteh-

lichen Hang zum Außergewöhnlichen, Außerordent-
lichen...

Es liegt in diesem Hange ein Gemisch von Phan-
tastischem, Kühnem, Abenteuerlichem, welches verbunden mit andern Momenten: Thatkraft, Ehrgeiz
oder Begeisterung für eine Idee solche romantische
Gestalten schaffen.

Marecampus hatte etwas von jenem romantischen
Hange in sich, er schlummerte von Jugend auf in
ihm und wurde wach, als günstige Umstände ihn in
die Nähe des Thrones, in die Nähe der königlichen
Person brachten... Er, im Verein mit jenen án-
bern oben angeführten Momenten, hatte ihn diesen
gigantischen Plan in der That fassen lassen...

Die Stille der Nacht lag längst auf der großen
Stadt, über welcher ein reiner, klarer Winterhim-
mel mit hellfunkelnden Sternen sich breitete und
Marecampus saß noch immer wachend in seinem
Gemach...

Plan auf Plan zur Herbeischaffung der materiel-
len Mittel, deren er bedurfte, drängten sich in seinem Hirn...

Seine Hand streckte sich mechanisch nach einem
Buche aus, das neben ihm lag und er blätterte

darin, wie es seine Gewohnheit, wenn er ernsten
Dingen nachsann. . .

Seine Augen blieben endlich an einer Stelle
haften.

Er las sie mit halblauter Stimme. Es war das
oft angeführte Wort Montecuculi's: „Drei Dinge
gehören zum Kriegführen, erstens Geld, zweitens
Geld und drittens wieder Geld."

„Eine wohlfeile Weisheit," lächelte er bitter,
„so banal geworden, wie irgend eine Alltagsredens=
art und doch so peinlich wahr. . . Geld, Geld, ich
spreche das Wort aus mit derselben Sehnsucht, mit
welcher Archimed nach dem Hebel verlangte, welcher
die Welt aus ihren Angeln heben sollte. . . Ich
brauche Werkzeuge und diese Werkzeuge kosten Geld...
Der König ist in gewissen Beziehungen geizig, auch
wird er nichts geben um sich nicht zu compromitti=
ren. . .

Die alten Geschlechter, auf deren Hülfe ich na=
turgemäß zuerst rechnen sollte, wollen ihre Säckel
auf Kosten des Königthums füllen. . . Die wenigen
Opferbereiten haben Nichts. . . Und wollen dann
wieder wissen zu welchem Zweck — sie würden
sich in mein Werk mischen und es verpfuschen nach

ihrer Weise. . . Nicht für sie, dem Könige will
ich die Herrschaft wieder gewinnen, ihm das Königs-
thum zurückerobern. . . Mein Name soll sich an
die neue Aera knüpfen, ich will diesen Staat aufbauen, auf meinen Principien."

Er erhob sich und trat an seinen Arbeitstisch.
Wie sein Auge darüber hinglitt, bemerkte er neben
dem Schreibzeuge mehrere Briefe, die während seiner
Abwesenheit von zu Hause angekommen waren. Seine
Diener pflegten sie auf diesen dazu bestimmten Platz
zu legen. . . Von seinen Gedanken vollständig in
Anspruch genommen, schob er sie gleichgültig bei
Seite.

„Geschäftliche Kleinigkeiten — ruht bis morgen."

Dabei fiel einer der Briefe herab, so daß das
hellrothe Siegel Marecampus entgegenglänzte. . .

Mit hastiger Geberde und indem ein leises Ah!
der Ueberraschung ihm entschlüpfte, bückte er sich
nach dem Briefe. . .

„Seltsamer Zufall," murmelte er mit einem bittern Lächeln die Thiergruppe des Siegels, das Lamm,
den Wolf und den darüberschwebenden Adler betrachtend, „der sie immer dann erscheinen läßt, wenn

mir das Bewußtsein meiner Vereinzelung und meines Mangels an äußeren Mitteln in grellster Schärfe vor die Seele tritt. Sie sind zähe und unermüdlich, mein jüngster Absagebrief scheint sie nicht entmuthigt zu haben und wie der Versucher nahen sie mir immer wieder mit lockendem Anerbieten."

Mit rascher Geberde streifte er das Couvert ab. Ueber die ersten Zeilen flog sein Auge mit gleichgültigem Ausdruck, die nächste Stelle las er mit langsamer Stimme, jedes einzelne Wort scharf betonend, halblaut vor, wie um das Gewicht des Inhalts desto lebhafter sich vor die Seele zu führen.

Die Stelle lautete: „Noch einmal haben Sie unsere Vorschläge zurückgewiesen. . . Und doch ist es ein Feind den wir bekämpfen, sind Ihre Gegner auch die unsrigen. Wollen Sie nicht, wie wir, den Glauben an die Satzungen der Kirche, die Unterwerfung des empörten Individuums unter die Autorität der von Gott eingesetzten Gewalten. . . Sie, wie wir bekämpfen die Revolution, mag sie unter der Maske des constitutionellen Königthums, oder unverhüllt in der Form der demokratischen Republik, oder in dem Abfall von den Satzungen der Staatskirche, oder in der sich keck und frivol

vom Glauben emancipirenden Wissenschaft auftre-
ten. . ."

„In Ihrem letzten Schreiben war ein Passus
enthalten, der das Grundmotiv zu sein scheint, welches Sie unsere Vorschläge zurückweisen läßt. Sie
schreiben, daß Sie durch unsere Anträge in ein Ab-
hängigkeitsverhältniß zur Congregation treten würden. Sie werfen uns, wenn auch verblümt, herrsch-
süchtige, egoistische Zwecke vor, Sie lassen in Ihrem Briefe durchschimmern, daß es uns mehr um
Befriedigung persönlicher, ehrgeiziger und herrschsüch-
tiger Leidenschaft zu thun, als um Erreichung des
großen Ziels: die zügellos gewordenen Völker wieder zu dem alten, segensreichen Glauben an das
göttliche Recht der Priester und Könige zurückzuführen. . ."

„Wir gestehen, daß wir diesen Vorwurf aus Ihrem Munde am wenigsten erwartet. . ."

„Sind Sie wirklich nicht des Glaubens fähig, daß
es Männer geben kann, die ohne alles egoistische Interesse, ohne persönliches Interesse wenigstens insofern,
als es sich um materielle Güter dieser Welt handelt,
für das Königthum und Priesterthum von Gottes Gnaden, als die Grundsäulen menschlicher Ordnung wirken

und kämpfen? ... Sie sprechen in Ihrem Schrei-
ben von den wilden Fanatikern der Revolution, ge-
gen die zu streiten Ihre Lebensaufgabe, von jenen
Menschen, die Alles an Alles setzen, nur um ihre
Principien zum Sieg zu bringen, von jenen wilden
Vernunftnarren, deren ausgeprägteste Vertreter wir
in jenen Schreckensmännern von 1793 sahen, jenen
Verruchten, die ihre blutigen Hände an das gesalbte
Haupt König Ludwig's und an die gottgeweihten
Priester legten und die arm starben, wie die Bett-
ler, kaum so viel hinterlassend, daß man die Be-
gräbnißkosten bestreiten konnte..."

„Wohlan, glauben Sie nicht, daß auf unserer
Seite, auf der Seite der Vertheidiger jener alten,
göttlichen Weltordnung, deren Repräsentanten die
Priester und der freie König und — nicht das con-
stitutionelle Scheinwesen — nicht auch jene Entäu-
ßerungen aller egoistischen Zwecke, zur aufopfernden
Hingabe an die großen Principien, unter deren Schutz
die Menschheit viele Jahrhunderte glücklich gelebt,
zu finden? ..."

„Oder sind Sie so unduldsam, so ungerecht, um
diese Ueberzeugungstreue blos für sich in Anspruch
zu nehmen? ..."

„Doch genug darüber. Es schweige der Haber
— und gestehen wir uns, unsere Feinde sind stark,
sie mehren sich von Tag zu Tag..."

„Darum noch einmal reichen wir Ihnen die Hand.
Gehören Sie auch einer andern Kirche an — Ihre
Feinde sind trotzdem die unsrigen... Die histori-
schen Grundlagen Ihrer Kirche werden von denselben ebenso bedroht, wie unsere Kirche von denselben
bedroht wird. Die Revolution verbündet sich überall solidarisch ohne nach dem Glaubensbekenntniß der
Einzelnen zu fragen — die Anhänger der von Gott
eingesetzten Weltordnung müssen, wenn sie nicht un-
terliegen wollen, dasselbe thun..."

„Zum Beweis, daß wir es aufrichtig und ehrlich,
nur im Interesse der guten Sache meinen, wollen
wir alle früher von uns aufgestellten Bedingungen
fallen lassen und Ihnen in Ihrem jetzigen Wirkungs-
kreis nützlich sein ohne alle Verpflichtung Ihrer-
seits..."

„In der Voraussetzung, daß Sie — mögen Sie
nun unsere Mithülfe annehmen oder zurückweisen
— die Discretion, die wir in unsern beiderseitigen
Beziehungen stets beobachtet auch hier gelten lassen,

empfehlen wir Ihnen zwei Männer, die Ihnen unter Umständen wesentlich von Nutzen sein können."

„Der eine dieser Männer ist der bei dem vierten
Infanterieregiment stehende Hauptmann Klingen, der
andere, ein gewisser Herr von Wolkowsky, ein Vio-
linvirtuos, in der dortigen musikalischen Welt nicht
ganz unbekannt. Der erstere ist ein entschlossener
Mann, der schon mehr als einmal im Kampfe unseren Feinden gegenüber gestanden, dabei energisch
und — was oft schädlich — etwas zu Gewaltthä-
tigkeiten geneigt, eine Folge seiner Kriegsdienste
unter den Fahnen Sr. Majestät Carl V. (Don Carlos)
von Spanien und König Ferdinands von Neapel..."

„Der Virtuos ist geschmeidiger in seinen Formen,
hat durch seine Kunst Zutritt in Zirkeln, die dem
Hauptmann, dessen Sitten etwas rauh, verschlossen
sind und eignet sich Frauen gegenüber, die er durch
sein phantastisches, excentrisches Wesen besticht, besonders gut zur Verfolgung unserer großen Aufgabe... Er ist zuverlässig und muß es sein, ebenso
wie der Hauptmann. Ihre Vergangenheit ist uns
Bürge dafür... Nicht blos die Pflicht der Dank-
barkeit gegen unsere Gesellschaft bürgt uns, sondern

auch das Bewußtsein, daß wir die Mittel in den Händen haben, einen Rückfall oder Abfall zu strafen."

„Sie werden es nicht falsch deuten, wenn wir Ihnen einen Wechsel an die Ordre des Herrn Raphael Bamberger und Joel Heinemann dort beilegen."

„Wir haben in Berücksichtigung der manichfaltigen Ausgaben, zu denen die beiden genannten Herren im Interesse unseres Dienstes genöthigt worden, einem Jeden derselben eine gewisse jährliche Summe ausgeworfen. Bis jetzt bezogen Sie dieselbe direct von uns. Wir bitten Sie, von jetzt an ihnen diese Unterstützung ganz nach Ihrem Ermessen zufließen zu lassen. Den übrigen Rest des Geldes bitten wir Sie als einen Beitrag zu den Kriegskosten gegen einen Feind zu betrachten, den mit allen Mitteln zu bekämpfen eine ebenso dringende als heilige Pflicht eines Jeden ist, der die göttliche Weltordnung nicht in Staub und Trümmer zerfallen lassen will..."

„Sollten Sie unsere uneigennützig angebotene Allianz annehmen, so wollen wir noch bemerken, daß Sie um sich dem Hauptmann und dem Virtuosen gegenüber zu legitimiren blos die Worte zu sagen brauchen: „Ich bin es, der zu Ihnen kommt." Schriftliche Beglaubigungen zu geben, ist nach einigen traurigen Erfahrungen, die wir damit machten, nicht mehr Brauch in unserer Gesellschaft. . ."

Marecampus legte den Brief bei Seite und hob das Couvert haftig auf. . .

Ein feines, zusammengelegtes Papier, das er in seiner Aufregung nicht bemerkt, lag in dem Couvert... Es war der Wechsel. Ein unwillkürlicher Ruf des Erstaunens glitt über Marecampus Lippen. . .

Eine solche Summe hatte er nicht erwartet. . .

„Ah! . . . das ist eine Hülfe, mit der sich etwas beginnen läßt. . .

Aber sie kommt von ihnen! . . . Zwar ohne Bedingung und Gegenforderung — aber doch von ihnen; und sie sind schlau und erfahren. . ."

Er blickte überlegend vor sich hin. . .

Endlich war sein Entschluß gefaßt. . .

Mit stolzer, entschiedener Geberde hob er den Kopf.

„Ich nehme es an. Sind sie schlau — so werde ich desto vorsichtiger sein. Sie trugen mir, ich nicht ihnen das Bündniß an.

Sie verhandeln mit mir Macht gegen Macht. —

Sie sehen in mir nicht das Werkzeug mehr, den bloßen Diener ihres Willens, sondern den Mann, der ihnen gleich ist.

Und sie thun klug daran; sie haben Recht, wenn sie sagen: Unsere Gegner sind auch die Deinigen. Der Feind des Unglaubens, der Empörung bedroht unsere Kirche wie die ihrige. . .

— — — — — — — — — — —

— — — — — — — — —

Zur selben Abendstunde, in welcher der Museendirector diesen Brief las, saßen drei Männer in der Mansardenstube des Schriftsetzers Wenzel an dem Krankenbette eines Kindes, am Lager des kleinen Hans. Ein Anfall jener heimtückischen, hinterlistigen Krankheit, der Bräune, die schon so viel blühende Kinderblumen dem Garten des Lebens geraubt, hatte den Kleinen vor drei Tagen in später Abendstunde heimgesucht. Seit dem heutigen Morgen erst war, Dank der geschickten energischen Behandlung des Doctor Schilden und der unermüdlichen Pflege des Menschenhassers, die Gefahr beseitigt und das Kind schlummerte ruhig hinter den Gardinen. . .

Trotzdem schaute der Schriftsetzer mit verzweifelter, zerknirschter Miene drein, zuweilen einen bittenden Blick auf den Doctor werfend, der ihm eben im gedämpften Tone eine derbe und eindringliche Strafpredigt hielt. . .

„Glauben Sie es nur, kein Anderer als Sie mit Ihren Vermummungen sind an der Krankheit des Kindes Schuld. . . Das Bürschchen in Schwals und Pelz zu wickeln, wie einen Eskimo, dann aus der heißen Offizin hinaus auf die Straße laufen und einen Schneemann vor dem Fenster aufbauen lassen, bei welcher Beschäftigung der Kleine seine grönländische Bekleidung bis auf die Pelzhandschuhe bei Seite wirft. . .“

„Aber er gab so gute Worte, daß ich es ihm nicht eben abschlagen konnte . . .“ stotterte Wenzel, indem er dabei einen ängstlich forschenden Blick nach der Bettgardine warf. . .

„Und Sie müssen natürlich, um Ihrem Character als unveränderlicher Menschenfeind treu zu bleiben, jede Bitte des Kindes, sei sie auch noch so thöricht, erfüllen, nur damit Sie Ihren Zweck erreichen, die Menschenbrut um eine verderbte Bestie vermehrt zu haben. . .“

Wenzel, der den Spott in den Worten des Doctors nur zu lebhaft fühlte, schnitt ein so verzweifelt=

bestürztes Gesicht, daß Harbungen eine Art Mitleid mit ihm fühlte.

„Lassen Sie es gut sein, Doctor, Freund Wenzel wird in Zukunft bei der Erziehung seines kleinen
Diogenes rationeller verfahren ... aber wir wollen leiser sprechen ... ich glaube, der Kleine fängt
an sich zu regen.“

Wenzel schnellte von seinem Sitze empor und schlich
auf den Fußspitzen an's Bett.

Der Kleine schob die Gardine zurück und streckte
mit mattem aber freundlichem Lächeln dem bärtigen
Schriftsetzer die kleine Hand entgegen.

„Guten Morgen, Vetter Wenzel... Hans ist
wieder ganz gesund... Hans hat Durst und Hunger...“

Ueber das Gesicht des Schriftsetzers flog es wie
heller Sonnenschein, der durch dunkle Gewitterwolken bricht.

„Hören Sie es, Doctor,“ rief er mit leuchtenden Blicken, „er hat Appetit, er will essen ...
trinken... Recht so, mein Junge ... iß, trinke,
soviel als du willst ... hier und hier.“

Und er holte mit einer Taschenspieler-Geschwin-
digkeit aus einer Schublade der alten Kommode ein

Papierpaquet, deſſen Inhalt er wie ein übermüthi=
ges Kind eine geſchenkte Zuckerdüte auf dem Tiſch=
chen vor dem Bette ausſchüttete. . . .

Und wie aus dem Füllhorn Bosco's rollten aus
dem Paquet Zuckerbretzeln und Bonbons, Chokola=
denkugeln und kleine geräucherte Würſtchen, Stücke
Mandelkuchen und Biscuits. . .

Der kleine Hans ſtreckte, die kaum beſtandene
Krankheit vergeſſend, luſtig den Arm nach den ver=
lockenden Dingen aus.

„Aber beſter Wenzel,“ zürnte jetzt ernſtlich der
Doctor, indem er raſch die Hand auf die Leckereien
legte und Hans wehrte, „wollen Sie denn unſern
kleinen Freund abſolut umbringen . . . einem noch
franken Kinde ſolche Dinge zu bieten!. . . Da, mein
Kleiner,“ und er reichte ihm ein Glas lauwarmer
Milch und ein Biscuit — „das wird das beſte
Abendeſſen heute für dich ſein. . .“

Hans lächelte und langte nach der Milch, Wen=
zel ſchnitt wieder eine jener Grimaſſen der Zerknir=
ſchung, als Hardungen, der den Kleinen theilneh=
mend betrachtete, plötzlich ein lebhaftes Ah! der
Ueberraſchung ausſtieß. . .

Wenzel und der Doctor ſahen fragend zu ihm auf.

„Was haben Sie, Harbungen . . . was fällt Ihnen an unserm Hans so auf, daß Sie ihn so ängstlich forschend betrachten?" frug der Doctor, den Blicken Harbungens folgend, als dieser ihm nicht gleich antwortete. . .

„O es ist nichts, eine Kleinigkeit," lächelte Harbungen gezwungen, indem er sich sichtlich zu faffen und seine Ueberraschung zu verbergen suchte, „ich glaube eben eine kleine Beobachtung gemacht zu haben, die vielleicht zur Entdeckung der Angehörigen des Kindes führen könnte. . ."

Bei diesen Worten stand der Schriftsetzer auf und stellte sich, Harbungen unruhig und mißtrauisch betrachtend, dicht an das Bett des kleinen Hans, deffen Händchen er in seine große, derbe Fauft nahm. . .

„Eine Entdeckung," frug Doctor Schilden, „und in wie fern? . . ."

„Ich bemerkte eben, daß der Kleine oberhalb des rechten Ellenbogens eine Lilie und drei kleine rothe Sternchen als Muttermaal hat und ein so besonderes Kennzeichen dürfte die Auffindung der Angehörigen des Kleinen doch sehr erleichtern . . . bei einem etwaigen Aufruf in den Zeitungen. . ."

„Angehörige . . . Aufruf in den Zeitungen . . .

bei den Krokodillen des Nils, sie mögen kommen,"
loderte der Schriftsetzer auf, „wilder wie Prairien=
hunde . . . Herr, es waren zwanzig Grad Kälte,
als ich den Wurm da fand . . . in einem Faß auf
offener Straße. . . Daß sich die Haifische mit dem
Fleisch dieser Angehörigen mästen mögen. . . Mir
gehört er . . . mir! ich bin sein Angehöriger und
keine Bestie auf dem Erdenrund hat weiter Anspruch
an ihn. . . Ich werde ihn groß ziehen, er soll meine
Grundsätze, meinen Haß gegen die wilde Brut . . .
soll Alles erben, was ich habe. . . Ich weiß, Sie,
Herr Harbungen und der Herr Doctor da gehören
nicht zu den wilden Menschenbestien, die unbarm=
herziger gegen einander sind als die reißenden Thiere
der Wälder. . . Sie werden mir beistehen. . . Sie
werden mir den Kleinen nicht nehmen lassen. . ."

Er schwieg und sah die beiden Männer mit ängst=
lich fragenden Blicken an. Es lag etwas unendlich
Rührend = Komisches in diesen Worten des Schrift=
setzers, der kaum sieben Jahre alt, ein Waisenkind
geworden, unter fremden rohen Menschen aufgewach=
sen, von früher Jugend auf getreten, in die Winkel
gestoßen und gequält wurde, der Jahre lang mit Ent=
behrungen kämpfte und auf der weiten Erde kein

Wesen hatte, das er sein nennen konnte; in den
Worten dieses Menschenhassers, wie er sich nannte,
der für den kleinen verlassenen Knaben, welchen er
sterbend auf der Straße gefunden, sein eignes Le=
ben gelassen hätte. . .

„Beruhigen Sie sich, lieber Wenzel," sprach end=
lich Schilden, indem er gerührt seine Hand auf die
Schulter des Schriftsetzers legte, „es wird Ihnen
Niemand den Kleinen nehmen. . . Die Leute sagen,
daß jedes Kind hundert Sorgen in's Haus brächte
und die Menschen sind selten, welche die Sorgen
aufsuchen. Das, was unser Freund Harbungen sagte,
war jedenfalls nur eine Vermuthung, ein augenblick=
licher Einfall." Und er warf dabei dem Redacteur
einen bedeutsamen Blick zu.

„Gewiß," setzte Harbungen rasch bestätigend hinzu,
„es war nur eine hingeworfene Aeußerung, auf die
Sie, mein lieber Wenzel, um so weniger Gewicht
zu legen brauchen, wenn Sie bedenken, daß hier ein
Verbrechen vorliegt, das Hinausstoßen eines hilflo=
sen Kindes in eine kalte Winternacht. . ."

Wenzel drückte den Beiden die Hand.

„Sie haben Recht," athmete er auf, „es war

eine Gespensterfurcht. . . Und nicht wahr, Hans,
du bleibst immer bei mir? . . ."

„Immer —" sagte der Kleine mit den klugen
blauen Augen und seinen Beschützer freundlich an-
blickend. . .

Schilden und Harbungen sagten gute Nacht.

Als sie unten auf der Straße waren und langsam einem Weinkeller zugingen, in dem sie zuweilen
des Abends sich erholten, richtete der Arzt einen prüfenden Blick auf seinen Freund, der in Gedanken
versunken neben ihm einherschritt. . .

„Sie haben eine Entdeckung gemacht, Harbungen," sagte Schilden, „Ihr Ausruf, Ihre Ueber=
raschung hatte einen tieferen Grund, aber Sie verstanden meinen Wink und beruhigten den armen,
braven Wenzel, der an dem Kinde, das, wie er,
Niemand als ihn auf der Welt hat, das er dem
Tode entriß, mit allen Fasern seines Herzens hängt."

Harbungen antwortete nicht.

„Sie schweigen," fuhr Schilden nach einer Weile
fort, „und Sie haben ein Recht zu schweigen. . .
Wir nennen uns Freunde und noch kennen Sie nicht
die Vergangenheit Ihres Freundes . . . noch habe
ich Ihnen nicht . . ."

„Nein, nein," unterbrach ihn haftig Hardungen,
mit leidenschaftlicher Geberde des Freundes Hand
ergreifend, „suchen Sie nicht ein solches Motiv für
mein Schweigen . . . aber ist Schweigen nicht oft
Pflicht — zumal, wenn ein Geheimniß nicht uns
allein gehört, wenn man vielleicht," setzte er verlegen hinzu, „Mitwisser eines Geheimnisses ist, an
dessen Bewahrung das Lebensglück mehrerer Men=
schen hängt. . ."

Auf diese Antwort schwieg Schilden und sie gin=
gen wieder eine Strecke stumm neben einander her...

Mehrmals war es Hardungen als drängte sich
noch eine Frage auf des Freundes Lippen, aber die=
ser konnte es nicht über sich gewinnen, diese Frage
wirklich zu thun. . .

Sie stiegen in den Weinkeller hinab. Eine Nische,
von zwei hervorspringenden Pfeilern der alten Kreuz=
wölbung gebildet, war leer. . . Hierher setzten sie
sich. . . Golden funkelte der Rheinwein in den Krh=
stallgläsern, berauschend, wie ein Zauberhauch,
strömte des Weines Blume ihren Duft aus und
Schilden, träumerisch in den Kelch schauend, fühlte
wie dieser Zauberduft verklungene Zeiten, begrabene
Gestalten, eingesargt in den verborgensten Winkel

seiner Seele, in der Gruft der Vergessenheit, le=
bendig werden ließ, heraulockte aus der dunkeln
Tiefe an die lichte Oberfläche seines Geistes, an die
Erinnerung. . .

„Die Todten werden lebendig und die Begrabe=
nen stehen aus ihren Gräbern auf," sprach er, vor
sich hinstarrend und Harbungens Hand fassend, „las=
sen Sie mich das Leichentuch wegziehen, welches über
den Hoffnungen meines Lebens liegt. . ."

Harbungen, der den Doctor noch nie in solcher
Stimmung gesehen, drückte ihm still- und schweigend
die Hand und rückte dicht an seine Seite. . .

Und des Doctors Auge begann zu glänzen und
zu leuchten und sein Mund erzählte von einem duf=
tigen Liebestraum, den er einst geträumt von einem
süßen Mädchenbild, das er einst sein genannt, einer
holden, lichten Feengestalt. Dann hielt er inne,
hob den Becher mit dem goldnen Weine und leerte
ihn in einem hastigen Zuge. . . Und der Wein
strömte wie Feuerglut in seinen Adern, seine Augen
schossen Blitze, seine Brust keuchte und sein bebender
Mund erzählte von einem heimtückischen Dämon,
einem Vampyr, der sich in das kleine, stille Para=
dies seines Lebensglücks geschlichen, der mit seinem

Hauche es vergiftet und ihm des Mädchens Seele
gestohlen hatte. . .

Und Hartungen lauschte in athemloser Spannung, denn diese Geschichte, diese unselige, jammer-
volle Geschichte, er erkannte sie sofort — es war
dieselbe, die er in jener Ballnacht in dem verborgenen Winkel gehört hatte... Jetzt fiel es wie ein Ne-
belschleier von seinen Blicken: Mathilde, Schilden
und Marecampus: sie waren die drei Personen in
jenem so erschütternden Drama, das da draußen
am Rhein gespielt, ein Drama, von dem die Welt
keine Ahnung hatte und das doch das Lebensglück
zweier Menschen in seinen geheimsten Tiefen angriff.
Und Schilden erhob sich, leerte noch einmal das
Kelchglas und warf es dann zu Boden, daß es klir-
rend zerbrach. . .

. . . „Und es war ein Priester Jehova's," lachte
er wild und grell auf, „dieser Satan ... ein christ-
licher Levit, der das Kunststück ausführte... Willst
du ihn kennen, den Namen?"

Schilden war außer sich. . . Die Umstehenden
wurden aufmerksam. Hartungen nahm den Freund
am Arm und riß ihn mit sich fort hinaus auf die
einsame Straße. . .

„Still, Freund, still," sprach er, „ich kenne
den Leviten und seine Opfer. . ." Schilden starrte
ihn an. . .

„Mathilde . . . Marecampus. . . Glaubst du
nun? . . . Aber komme, heim zu mir. . . Du sollst
Alles erfahren und wenn noch ein Fünkchen Gerech=
tigkeit in der Welt ist: so hoffe ich, dir eine Sühne
zu bereiten, an jenem Leviten, über die sich ein Drako
freuen wird."

Achtes Kapitel.

Der Prophet.

Seit einigen Wochen ging das öffentliche Leben des Landes in einem lebendigeren, beschleunigteren Pulsschlag. . .

In kurzer Zeit sollte die Eröffnung der Kammern stattfinden und die allgemeine Neuwahl der Volksvertreter war es, welche diese politische Hochflut erzeugte. . .

Hartnäckig und erbittert war der Kampf... In der Presse, in den Wahlversammlungen, in den Vereinen, selbst in den Theezimmern und Salons klangen die Stichwörter der Parteien wieder. . .

Die Reibung war um so stärker, als es keine zahlreiche Mittelpartei im Lande gab und sich die Anhänger der Verfassung und die Feudalen, welche immer noch zu den alten Zuständen der absolu-

ten Monarchie zurückstrebten, schroff gegenüberstan-
den. . .

Dazu kam, daß dieses Mal die Rückschrittspartei
eine Rührigkeit und Energie entfaltete, wie sie seit
Jahren auf dieser Seite nicht wahrgenommen worden war. . .

Eine besondere Thätigkeit entwickelte aber das
Wahlcomité für die Hauptstadt.

Vor Allem war es ein neu gegründetes Blatt,
welches unter dem Tittel: „der Prophet" kurz nach
Neujahr erschienen war, welches diese Partei unter-
stützte. Redacteur dieser Zeitung, die in einer Un-
masse von Exemplaren gratis durch's ganze Land
verbreitet worden, war derselbe Hauptmann Klingen, über welchen Harbungen die ernste Unterredung
mit der Schauspielerin Selma Schütz gehabt.

Wahrscheinlich um vollkommen unabhängig zu
sein, hatte der Hauptmann Klingen den Dienst quit-
tirt, um sich ganz dem journalistischen Unternehmen
widmen zu können, welches die neu aufgerichtete
Standarte sein sollte, um welche sich die Freunde
des Thrones und des Alters sammeln sollten. . .

Es sprach ein seltsamer Geist, eine merkwürdige
Sprache aus dem „Propheten."

Die wilde, leidenschaftliche Energie, welche die Artikel des Blattes athmeten, stand in Uebereinstimmung mit der grotesken Schreibweise, der düstern, mittelalterlichen, oft alt‑testamentlichen Färbung des Ausdrucks. . .

Die Bewohner der Hauptstadt lasen mit seltsamen Gefühl in der ersten Nummer des „Propheten" folgenden Aufsatz, welcher gewissermaaßen das Programm desselben enthielt:

„Der Prophet tritt unter Euch und spricht zu Euch. Hört seine Rede, auf daß Ihr nicht verderbet und verworfen werdet von der Hand Jehova's...

· „Wohl sind der Gottlosen so Viele, wie Sand am Meere, aber des Herrn Zorn schwebt über ihnen. . . Darum, wie des Feuers Flamme Stroh verzehrt und die Lohe Stoppeln hinnimmt, also werden ihre Wurzeln verfaulen und ihre Sprossen auffahren wie Staub. . . Denn sie verachten das Gesetz des ewigen Gottes und lästern die Rede seiner Heiligen. . .

„Sie heben die Hände auf gegen die Throne der Könige und die Altäre des Herrn und schleudern die Pfeile ihres Spottes gegen seine Priester. . .

„Es riecht nach Blut in der Welt... Und die Tage der

Trübsale, die da kommen werden, werfen ihre dunkeln Schatten über die Völker der Erde. . .

„Wer zaudert noch? . . . Die Wahl ist kurz: Gott oder Belial. . . Die Säulen göttlicher und menschlicher Ordnung wanken! Heran zu uns, auf daß ihre Trümmer Euch nicht zerschmettern. . .

„Oeffnet die Augen Eurer Seele und schaut hinaus auf die kommenden Tage. . . Und öffnet die Thore Eurer Herzen und merket die Worte, die ich jetzt zu Euch rede. . .

„Wenn der Sieg jener gekommen sein wird, so sich Verbesserer der Welt nennen, da wird die Welt eine große, wüste Schädelstätte sein. . .

„Und auf den Leibern der Erschlagenen, um welche Geier und Raben, die Vögel des Todes, flattern, auf einem Berg von Gerippen, umgeben von offnen Gräbern voll Leichenduft und Moderfraß, da wird der letzte Mensch jener Tage sitzen. . .

„Mit wilder, trostloser Geberde, mit Augen, in denen das Feuer des Wahnsinns brennt, mit entfleischten, schlotternden Gliedern, aus denen die Wuth und die Verzweiflung das Mark gesogen. . .

„Und dann, dann werden die grauen Schatten des Entsetzens über ihn kommen und nach seiner

Seele haschen. Und er wird beten wollen. Beten
— aber der Glaube fehlt ihm. Und dann wird
dieser elende, glaubenslose Mensch, dem Alles geraubt, der Glaube wie die Hoffnung, niederfallen
auf seine Kniee und wird ausrufen:

„„Ich bin Gott — es ist keiner außer mir,"" und
wird sich selbst anbeten. . .

· „Und dann bricht der Tag des jüngsten Gerichts
an. . ."

Als der erste Eindruck der Neuheit und der Ueberraschung vorüber, schüttelten zwar Viele die Köpfe
über eine solche fanatische Bildersprache, noch Andere
lächelten sehr spöttisch, aber in den Seelen Mancher
blieb doch etwas hängen und in den strenggläubigen
Kreisen erhob man das Haupt siegesgewisser und
selbstbewußter als je zuvor. . .

Am selbigen Tage, da der Artikel erschienen,
kam Harbungen zu Schilden, welcher eben vom Pa-
tientenbesuch zurückgekehrt, in seinem Zimmer saß. . .

Schildens Wohnung, dicht neben der des Schriftsetzers Wenzel gelegen, zeigte eine fast ascetische
Einfachheit. . .

Ein Arbeitstisch mit Papieren und wissenschaftlichen Werken bedeckt, ein Bücherschrank, drei oder

vier Rohrstühle und ein altes, hartes Sopha, die
einzige Bequemlichkeit des Zimmers, bildeten die Ausstattung des Gemachs; ein eisernes Feldbett in dem
an der Stube befindlichen Alkoven war die Lagerstätte des Armendoctors... Diese spartanische Ausstattung war nicht durch die äußeren Verhältnisse
bedingt. Schilden hatte bei seiner Niederlassung in
der Hauptstadt sich um diese Stelle beworben, nicht
der Existenz halber, sondern weil er gewissen Kreisen der Welt auf immer entrinnen wollte, weil ihm
in den Hütten der Armuth, an der Lagerstätte des
Elends und der Noth die Wunde seines Herzens
weniger schmerzte, als in den glänzenden Salons
der Reichen und Vornehmen, wo ihn so Vieles jeden
Augenblick an eine dahingegangene Zeit seines Lebens
erinnerte, die er vergessen wollte, die für ihn auf
immer begraben sein sollte... Schilden war reich,
er hätte in einem Palast wohnen, im raschen Ge-
spann seine Kranken besuchen können... Aber er
verwendete seinen Reichthum nicht für sich. Alle
seine Kranken und er hatte Viele, Viele, hatten
mehr davon, als er. Und dann haßte Schilden diese
vergoldeten, parfümirten, stutzerhaft aufgeputzten Jünger Aesculap's, jene geschniegelten und gebiegelten

Aerzte, welche auf die Knotenbildung ihrer Cravatte
mehr Studium verwenden, als auf die Krankheits-
gebilde bei ihren Patienten und deren geckenhafte
Erscheinung am Krankenbette in so grellem Contrast
zu den Bildern des Schmerzes und des Elends steht,
welche sie so oft umringen... Er haßte jene Jünger
seiner Wissenschaft, welche nur Aerzte für die Reichen waren und die ihren Ruf mehr ihrem angeneh-
men Plaudertalent und höfischen Manieren, als ihrem Geschick, ihren Kenntnissen verdankten...

Seit jener Nacht im Weinkeller war eine auffallende Veränderung in Schildens Wesen vorgegan-
gen... Aus seinem Gesicht war die frühere Schwermuth, jene düstere Melancholie, die ihren dunklen
Schatten über seine edlen, offnen Züge breitete, ge-
wichen... Aus seinem Auge blitzte ein lebhafter
Strahl, sein Antlitz war erregt, belebt wie von innerer Spannung, sein ganzes Wesen war energischer
und trug eine gewisse zornige Aufregung, die aus
der Tiefe seiner Seele kam...

So fand ihn Harbungen, Vor ihm auf dem
Fußboden jenes Blatt des „Propheten" mit der
fanatischen Apostrophe...

Der Arzt sprang auf und dem Freunde entgegen...

„Gut, daß du kommst. . . Haft du gelefen?"
Unb er beutete auf ben „Propheten".

Harbungen nickte unb zuckte fpöttisch bie Achfeln. . .

„Kennft bu bie Feber, bie biefe Blasphemie gegen bie ewigen Gefetze ber Vernunft fchrieb? . . ."

„Man nennt ben tollen Hauptmann, ben Klingen — unfern Bankhalter von jenem Abenb als
ben Verfaffer. . ."

Der Arzt ftreckte mit haftig verneinenber Geberbe
bie Hanb nach bem Blatte aus. . .

„Eine falfche Fährte. . . Die Sprache kenne ich
unb auch ben Mann, ber fie rebet. . . Es ift nicht
ber Hauptmann. In bem büftern Hirne biefes Men-
fchen, in welchem finfterer Fanatismus unb wilbe,
beftialifche Leibenfchaften nebeneinanber gähren, aus
ber Feber biefes rohen Lanbsknechts, ber fich überall gefchlagen, wo fein bumpfer Haß gegen bie Freiheit unb feine Begierben einen Spielraum fanben,
finb biefe Worte nicht gefloffen... Er ift bie Puppe,
bie man vorfchiebt. O, ich kenne biefe Art Men-
fchen, biefen Hauptmann Klingen nur zu gut. Sie
finb blos bie Werkzeuge, nicht bie Seele. Zur Zeit

des Tilly und der Dragonaden des vierzehnten Lud-
wigs da wucherte die Race üppig. Im achtzehnten
Jahrhundert fingen diese Priestersoldaten an, die,
eben aus der Messe kommend, ihren rohen Leidenschaften mit wilder Lust die ketzerischen Jungfrauen
opferten, auszusterben; unser Jahrhundert hat sie
im Lager des Bourbons von Spanien, des Don Carlos, neu erstehen sehen. . . Aber diese hohlen Köpfe,
leer wie eine Trommel, die mit einem Gebet auf
den Lippen ihre Mitmenschen hinwürgen, sie sind
unfähig zu solcher Arbeit. . . Das ist des Marecampus Kralle, die da sichtbar wird. . . Ich kenne
diese Sprache, diese schlau berechnete mystisch-prophe-
tenartig klingende, die für die große Schaar der
Schwachen und Unselbstständigen einen gewissen Reiz
hat, der sie allmählig umstrickt, Faden auf Faden
um sie legt, bis sie endlich bis an den Hals in der
Nebelkappe der finstersten religiösen Schwärmerei
stecken und unfähig zu jedem Selbsturtheil, willenlose
Werkzeuge in der Hand ihrer schlauen Führer sind...
Das ist die Taktik, wie sie zu Rom und anderweits
von der frommen Congregation gelehrt wird und
mit welcher sie die Weiber — wie die Völker bethö-
ren." Er lachte grimmig auf und stieß das Zei-

15*

tungsblatt mit der Spitze seines Fußes, wie ein un=
reines Thier von sich. . .

„Du kannst Recht haben, Schilden,“ meinte
Harbungen nachdenklich, „er scheint ein feiner Kopf
zu sein, dieser Herr Doctor Marecampus. . . So=
eben erfahre ich, daß er im ersten Wahlbezirk der
Hauptstadt als Candidat für die zweite Kammer auf=
gestellt ist. . . Und droben auf dem Schlosse soll
er es in den paar Monaten so weit gebracht haben,
daß die Pudels und die Kammerherren um die Wette
vor ihm schweifwedeln. . .“

„Auch bei Olbers ist er in letzter Zeit ein oft
gesehener Gast. . . Der Geheimerath ist nach dem
Salamander erster Klasse und einen Gesandtschafts=
posten zweiten Rangs lüstern . . . und Fräulein
Linda von Olbers ist eine Erscheinung, welche für
einen Mann wie Marecampus nach verschiedenen
Seiten hin wichtig und interessant sein muß. . .“ Er
sprach das Letzte mit einem sarkastischen Auflug,
der nicht frei von Bitterkeit war. . .

Der Name Olbers hatte auf des Arztes Antlitz
wieder jenen düsteren Schatten hervorgerufen, der
wie ein dunkler Trauerflor über seine Züge sich
ausbreitete. . :

Seine Blicke senkten sich zur Erde nieder und seine Zähne nagten gierig an seiner Unterlippe. . .

Eine Frage drängte sich endlich gepreßt und tonlos hervor. . .

„Und sie?"

Hardungen drückte lebhaft des Freundes schlaff herabhängende Hand.

„Ich habe sie seit jener Nacht nur einmal gesehen, zwei Tage später. . . Es war ein leidiger, conventioneller Besuch, den ich machte. . . Linda und der Geheimerath waren nicht zu Hause. . . Sie empfing mich allein in ihrem Boudoir. . . Wir sprachen erst von alltäglichen Dingen, Dinge, bei denen die Seele nicht weiß, was der Mund plaudert, als ein neuer Besuch angemeldet wurde — der Doctor Marecampus."

Hier entfärbte sich Schilden, auf seiner Stirn ballte es sich wie dunkle, blitztragende Gewitterwolken und seine Hand umspannte krampfhaft die des Freundes. . .

„Auch Frau von Olbers wurde blaß," fuhr Hardungen, des Freundes Druck erwidernd, fort, „und ich sah, wie in ihrer Seele Abscheu und Entsetzen kämpften, aber die Furcht, welche ihr dieser Mann einflößt, siegte und sie empfing ihn. . ."

„Ha, ha, ich möchte doch die Melodie kennen, die dieser Vogelfänger pfeift, daß ihm selbst die wieder zulaufen, die er schon einmal in seiner Schlinge gefangen... Gleichviel wie die Lockung heißt, Furcht, mystische Schwärmerei, Sinnenrausch oder Sentiments — wenn nur das Vöglein anbeißt. Haha! Und du sprachst an jenem Abend, wo ich dir unten im Keller dieses Levitenstücklein erzählte, von einer Büßenden, die du in ihr gefunden, von einer reuigen Magdalena. . ."

Und er schlug die Hände vor den Kopf und lachte fort. . .

Es war ein grausiges, markerschütterndes Lachen; jenes gellende Lachen der Verzweiflung, das mit seinen schrillen, betäubenden Tönen den letzten Schmerzensaufschrei einer zu Tode gehetzten Menschenseele ersticken will. . .

Harbungen schwieg. Er ließ diesen wilden Ausbruch einer Jahre lang unterdrückten Leidenschaft erst austoben, bis er fortfuhr:

„Vielleicht urtheilst du doch zu streng. Hättest du wie ich das krampfartige Erzittern bemerkt, das

ihre Gestalt überflog, als er über die Schwelle
schritt, du würdest das tiefste Mitleid mit ihr em-
pfunden haben. . ."

Mit leidenschaftlicher Geberde unterbrach ihn der
Arzt. . .

„Verkenne mich nicht, Harbungen — bei unserer Freundschaft beschwöre ich dich darum. Fünf
Jahre sind seit jener Stunde, in welcher ich so
schnöde um das Glück meines Lebens betrogen wurde,
dahingerauscht. Kein Laut der Klage, des Vorwurfs, kein Wort des Fluchs, das ihr galt, schlüpfte
damals über meine Lippen. Nur ihn, den Marecampus, brandmarkte ich vor ihren Augen mit dem
Zeichen ärgster Schmach, die ein Mann in Gegenwart eines Weibes dem Andern anthun kann. Ich
spie ihm in die gleisnerische Larve und schleuderte
ihm meinen Handschuh vor die Füße. . . Und der
Elende nahm es hin, ruhig, wie ein Hund, den
man züchtigt. Sein Mund blieb stumm, nur seine
Blicke vergifteten sich. Und dann schüttelte ich den
Staub jener fluchbeladenen Stätte von meinen Füßen, verließ ich das Land meiner Jugend, die Grä-
ber meiner Eltern und zog hinaus in die weite,
wüste Welt. . ."

„In die weite Welt!" wiederholte er mit dumpfer, eintöniger Stimme.

„Sie lag vor mir wie ein graues, uferloses Nebelmeer ohne einen Strahl lichten Sonnenglanzes, ohne Duft und ohne Farbe. Vier lange Jahre trieb es mich durch diese Weltwüste. Und jeder Tag, der sich in diesen entsetzlichen langen vier Jahren loswand aus dem Schooß der Zeit, wurde für mich zu einer qualvollen Ewigkeit. Da fühlte ich, wie die Furien des Wahnsinns ihre Krallen nach meiner Seele ausstreckten, ich durch die Welt hinglitt wie ein wesenloser Schatten durch eine graue, wüste Oede, die sich dehnt und dehnt und nimmer endet, und aus der kein anderer Weg zum Frieden, zur Ruhe führt, als der Weg zum Grabe. . ."

Eine fahle Blässe deckte des Arztes Gesicht, seine Stimme war zum dumpfen Flüstern herabgesunken. . . Harbungen hörte, das Haupt über den Tisch gebeugt und in den Arm gestützt, in düstrem Schweigen zu. . .

„Aber ich starb nicht. Und eines Tages kam ich in diese Stadt. Eine kurze Rast wollte ich dem erschöpften Leibe gönnen . . . dann wieder den Stab weiter setzen und wandern durch die Welt

ruhelos wie Ahasver, der ewige Jude — bis sich
endlich mir die enge Pforte zu dem dunklen Wege öffnen würde, der zur Schlummerstätte führt, die Gott
der Herr jeder erschaffenen Creatur bereitet. Aber
als ich am andern Morgen weiter wollte, konnte
ich nicht. Die Krankheit wühlte in meinen Adern!
Und zum ersten Male wieder, seit langer, trüber,
vierjähriger Nacht, fiel ein lichter Strahl in mein
Dasein. Ich sah den Hafen der Ruhe: das Grab
that sich vor meinen Blicken auf. Die Fittige des
Todes berührten meine Schläfe. . . Aber meine
Stunde war noch nicht gekommen. Nur die Ahnung
des Todes drang zu meinem Herzen, nicht er selbst.
Ich gesundete. Die Fieberglut, die in meinen Adern
gebrannt, hatte mein Blut von jenen dumpfen Säf-
ten geläutert — ich wand mich allmählig aus der
kalten Erstarrung los und kehrte meine Seele wieder den menschlichen Geschicken zu. Ich beschloß,
meine Kräfte, den Rest meines Daseins, meine Wissenschaft jenen armen Unglücklichen zu widmen, an
deren Hütte immer das Elend und die Krankheit mit
knöchernem Finger pochen. Und so geschah es. Unter
dem ewigen Unglück, das sich meinen Blicken offen-
barte, vergaß ich das meinige, lernte es leichter

tragen. Die Erinnerung an Mathilde und ihr
Vergehen verblich immer mehr und mehr und endlich
sargte ich sie ein im innersten Schrein meines Herzens und breitete das Leichentuch der Vergessenheit
darüber. Ihn aber, den Verführer, hatte ich längst
zu den Todten geworfen... Da plötzlich," und
des Arztes Stimme schwoll bei jedem Worte immer
mächtiger in innerem Grimm, „taucht des Verfluch-
ten Gestalt in einsamer Nacht auf offener Straße
vor mir auf, ich sehe sie wieder vor mir, diese gleis-
nerischen Bonzenzüge, das falsche Levitenantlitz und
mit einem Male bricht die alte Wunde auf und ihr
Eiter vergiftet von Neuem mein Blut..."

„Und nun bringst du mir Kunde von ihr — daß
sie hier, verheirathet einem Manne, den sie nicht
liebt, vielleicht kaum achtet und daß er wieder seine
Bande und Netze um sie legt — und wach wird
wieder der alte Haß, die alte Wuth...

Und warum soll ich nicht zweifeln an ihrer
Buße? O, du kennst die Frauen nicht, die Tiefen
ihrer Seele — die Abgründe, die sie mit schönen
Blumen verbergen..."

„Du irrst, Heinrich — du irrst," warf Harbungen ein, „für Mathildens Buße, für ihre Reue

bürge ich dir. . . Ich sah, wie das Entsetzen bei
seinem Anblick an jenem Ballabende ihr das Blut
in die innerste Kammer ihres Herzens trieb, ich sah
den stillen Kampf, den das unglückliche Weib mit
sich kämpfte in jenem einsamen Zimmer. . . Auch
glaube ich nicht, daß seine Annäherung an die Olbers, ihr, Mathilde, gilt. . . Er jagt ein anderes
Wild, er mag sich aber vorsehen, daß er nicht selbst
in die gelegten Netze fällt. . . Doch genug davon,
wie steht es mit dem Knaben, hast du eine Spur
darüber aufgefunden?"

Bei dieser Erinnerung an den kleinen Hans
zeigte sich wieder jener frühere Zug stiller Wehmuth
auf des Arztes Zügen.

„Meine Nachforschungen sind bis jetzt resultat-
los geblieben und offen gesagt, mein lieber Harbungen, ich gräme mich nicht darüber. Der brave Wenzel ist so glücklich durch das Kind, daß ich ihm um
keinen Preis diese einzige Freude rauben möchte. . .
Und wer weiß, wie sie das Geschenk aufnehmen
würde. . . Ich habe den Glauben an das Weib
verloren. Jetzt, da sie das Kind todt glaubt, gefällt sie sich in selbstquälerischen Schmerzen, sie weint
und seufzt und stöhnt, während sie sich früher nicht

um das arme Geschöpf kümmerte und die Sorge für ihn jenem Menschen überließ, der ihr Verderber wurde. . ."

Er lachte bitter auf.

„Wahrlich, es ist sehr zweifelhaft, ob dir's die gnädige Frau wirklich dankt, wenn du ihr das verlorene Kind in die Arme legst. . . Ah, das ist verdammt compromittirend. Und selbst der Herr Gemahl, so ein feiner Hofgeselle dieser Herr von Olbers auch sein soll, es wird ihn doch wurmen, so plötzlich zum Adoptivvater sich avancirt zu sehen."

Schilden legte die Hand auf des Freundes Schulter. . .

„Ich sah dich noch nie so, Heinrich. . . Das ist ein Tropfen fremden Blutes in deinen Adern, wirf ihn hinaus. . . Nur noch ein Wort. . . Willst du Mathilde noch einmal sehen, sprechen, glaubst du, daß ein Zusammentreffen für Euch Beide heilsam sein würde? . . So sage es mir. Ich glaube eine Möglichkeit zu finden, daß Ihr Euch ohne Zeugen sprechen könnt."

Der Arzt erhob sich heftig und streckte abwehrend die Rechte aus.

„Nie . . . nie. Laßt die Todten ruhen. . . Warum

die Schmerzen alle wieder wachrufen. Ich kenne
nur einen Menschen aus jener Zeit, dem ich Auge
im Auge gegenüber stehen werde: Marecampus, dem
Rattenfänger, den jetzt durch sein Pfeifen die Seelen des Volks fangen will, wie damals, da er die
eines Weibes einfing. Und wenn dieser Augenblick
gekommen ist, dann wird auch das Gericht über ihn
kommen und den Stab brechen." Und er knickte
einen dünnen Stab, der auf den Fenstern zwischen
zwei Blumentöpfen lag, entzwei und schleuderte ihn
rückwärts über sein Haupt.

„Und nun laß uns gehen, Harbungen, meine
armen Kranken rufen wieder, zu lange schon habe
ich sie wegen dieser — alten, begrabenen Geschichte
vergessen. . ."

— — — — — — —

— — — — — — —

Im Hause des Geheimeraths von Olbers wehte
nach jener Fête eine eigenthümliche schwüle Luft. . .

Die junge Frau war nervöser, schwermüthiger
und zurückhaltender gegen ihren Gemahl als je. Aber
auch gegen Linba zeigte sie ein gewisses Stillschwei-
gen, welches das junge Mädchen, das seine Cousine
aufrichtig liebte, verletzte und betrübte. . .

Mathilde fühlte das wohl; sie fühlte, wie sie ihrer Freundin eine Aufklärung schuldig war, zumal nach jenem Vorgang bei Marccampus Vorstellung auf dem Ballfeste, aber Scham vor ihr und Furcht vor ihm, hielt sie davon ab, sobald sich ein Wort auf ihre Lippen drängte... Marecampus übte eine Art magischen Einfluß auf die junge Frau aus, einen Einfluß, dem sie sich vergebens und mit Aufbietung aller ihrer Seelenkräfte nicht zu entziehen vermochte...

Dazu kam noch ein neues Motiv, welches für sie etwas Entsetzliches hatte...

Die Besuche des Museendirectors in dem Olbers'schen Hause waren nach jenem Ballabend sehr häufig geworden und jetzt kam er täglich...

Nicht ihretwegen, o das wußte Mathilde, das hatte sie schon bei jenem so peinlichen Gespräch mit ihm in dem grünen Zimmer geahnt — nein, er kam Linda's wegen...

Mit Schaudern sah sie, wie er seine dunklen, flammenden Augen mit dem seltsamen Ausdruck, den sie nur zu gut kannte, auf das junge Mädchen heftete, wie er sich eifrig und mit jenem ernsten Interesse, das die Frauen noch mehr besticht, als die

alltägliche Galanterie, mit ihr beschäftigte. . . . Und
Linda, dieses Mädchen mit dem hellen, klugen Auge,
das bis in die geheimsten Falten der Seele zu dringen
schien, dieses stolze kühne Herz, das dabei doch so
lieb und gut war — sie wendete sich nicht von dem
Manne ab, wenn er mit seinen Zauberreden ihr
Ohr füllte, wenn er bald geheimnißvoll flüsternd,
bald in klangvoll mächtig dahin rauschender Rede
sie so fesselte, daß sie mit Auge und Ohr an sei=
nem Munde hing und gierig die Worte einsog, welche
seinen Lippen entströmten. . .

Einen Augenblick dachte die junge Frau an ih=
ren Mann. Aber bei der ersten leisesten Andeutung,
die sie fallen ließ, wurde ihr aus der Entgegnung
ihres Gatten klar, daß dieser das sich zwischen den
Beiden anspinnende Verhältniß nicht ungern sah, es
sogar begünstigte und den Museendirector in dring=
lichster, freundschaftlichster Weise zum häufigen, wie=
derholten Besuch seines Hauses aufforderte.

Aber Linda — Linda, was zog sie hin zu je=
nem Manne, dessen Wesen sie anfänglich so abzu=
stoßen schien, den sie sogar bei dem ersten Worte,
welches er mit ihr wechselte, mit Kälte und leisem
Spott behandelte?

Ein gar seltsam wunderliches Ding ist das Frauenherz, und seine Regungen unerklärlich oft den Frauen
selbst.

War es um mit den profansten Beweggründen
zu beginnen, Neugier, wollte sie das Geheimniß er-
gründen, das zwischen ihm und ihrer Schwägerin
Mathilde bestand? Oder war es der Reiz der Gefahr, welcher sie anlockte? Wollte sie Mathilde zeigen, sieh, mit diesem Manne, den du so fürchtest,
in dessen Nähe dich ein fast convulsivisches Zittern,
eine grenzenlose Angst befällt, wie die Gazelle oder
Antilope, wenn sie den Tiger erblickt, mit diesem
Menschen spiele ich, wie mit einem gezähmten Raub-
thiere, dem die Zähne ausgebrochen sind?

Oder war es wirklich ein Interesse an des Museendirectors Persönlichkeit, das sie zu ihm hinzog,
war es die Mystik seiner Rede, das Geheimnißvolle,
in welches er seine Worte und Handlungen kleidete,
jene halben, dunklen, hingeworfenen Aeußerungen
von einer hohen, mächtigen Lebensaufgabe, von
einem Ziel, das zu erreichen man bereit sein müsse
das Höchste einzusetzen?

Linda hatte ein stolzes, romantisches Herz . . .
Alles Außerordentliche, Wunderbare, von dem Ge-

wöhnlichen Abweichende reizte und fesselte sie. War
das vielleicht der Zauber, welchen Marecampus auf
sie ausübte? ahnte sie es, daß dieser Mann seine
Existenz wagte, um irgend ein gewaltiges Werk zu
vollbringen, eine große Mission, nur bewegte dieser kühne Entschluß ihre Seele? . .

Oder war es — denn ein wunderlich und seltsam Ding ist das Frauenherz — die Absicht ihre
Freundin an diesem Manne, den jene so sehr fürch-
tete und verabscheuete und der ihr Viel, unnennbar
viel Böses zugefügt haben mußte, zu rächen?

Oder war es ein Gemisch von allen diesen Mo-
tiven, deren stärkstes vielleicht Linda selbst nicht klar
war?

Mathilde wußte es nicht; sie verlor sich in diesem
Labyrinth von Muthmaßungen, Zweifeln und Be-
fürchtungen, von denen die eine peinlicher als die
andere war.

Und Linda selbst?

Es war in den Mittagsstunden eines der letzten
Märztage. Linda saß unter der Veranda des kleinen
Pavillons, welcher in Mitten des an das Wohn-
haus grenzenden Gartens stand. Warme Winde
und die golbenen Strahlenpfeile, welche die März-

sonne von dem blauen, unbewölkten Himmel nieder-
sendete, hatten den Winter mit seinem Eis und Schneegestöber hinauf in die Polargegenden zurückge-
scheucht.

Der geheimnißvolle, belebende und verjüngende
Odem des Frühlings ging durch die Natur. In
dem Garten keimte und sproßte es, in den Hecken,
Bäumen und Büschen ein Summen und Schwirren,
helle Frühlingsfalter gaukelten in dem weichen Luft-
meer und flatterten von Beet zu Beet, lüstern
die einzelnen Blüthen, die der März schon zur Ent-
faltung gebracht, umspielend.

Ringsum tiefe Stille; nur unterbrochen von dem
Schwirren und Zirpen kleiner bunter Käfer und
dem Gezwitscher einiger kleiner Waldvögel, die der
rauhe Winter herein in die Stadtgärten getrieben
und die noch nicht wieder ihr Winterquartier verlassen und in ihre grüne, duftige Waldeinsamkeit zurückgekehrt waren. . .

. . .Linda hatte das Haupt in die kleine, zarte
Hand gestützt und blickte träumend vor sich hin. Ein
aufgeschlagenes Buch, in welchem sie gelesen, lag
vor ihr auf dem kleinen Tisch von lackirtem Weidenge-
flechte. . . Das Buch führte den Titel „Pilgerfahr-

ten"; es war ein lyrisches Gedicht, dessen Gegenstand eine Verherrlichung des Mittelalters und seiner kirchlichen wie politischen Institutionen war. Ein erotischer Faden schlängelte sich natürlich, das Ganze nicht zu Tendenziös erscheinen zu lassen, durch die Dichtung. Der Museendirector hatte Linda auf diese literarische Erscheinung aufmerksam gemacht. . .

„Seiner Majestät Tante, Prinzessin Auguste, sprach neulich beim Thee des Königs mit einem fast an Begeisterung streifenden Interesse von dieser Dichtung, deren anonymen Verfasser man bis jetzt vergebens zu enthüllen gesucht hat."

Auf das junge Mädchen hatte das Buch einen eigenthümlichen Eindruck gemacht und einander widerstreitende Gefühle in ihr wach gerufen. Zog sie die Farbenpracht der Bilder, der Schwung der Sprache, die kühne Ritterlichkeit des Helden an, so fühlte sie eine lebhafte Abneigung gegen diese religiöse Mystik, welche in der Dichtung lag; ihr klares, scharfes Auge war gewöhnt in das helle Sonnenlicht zu blicken und hier umgab sie jene Halbdämmerung alter, gothischer Dome, um deren Säulen die Weihrauchwolken schweben, welche von den Räucherbecken beim Meßamte aufgestiegen sind. . .

Da knirschte der feine gelbe Kiessand des Gartenwegs unter einem lebhaften Männertritt. . .

Linda blickte auf und eine helle Röthe flog über ihre Züge. . .

Der Museendirector stand vor ihr und sein Auge sog mit einem gewissen gierigen Behagen das Bild des jungen Mädchens ein. Er hatte die Arme übereinander gekreuzt, in seinem langen, lockigen, glänzend schwarzen Haar spielte ein leichter, warmer Frühlingswind.

So rasch als Linda ihre Blicke zu dem räthselhaften Manne aufgeschlagen, so schnell senkten sie sich wieder zur Erde nieder, als sie den seltsamen Ausdruck bemerkte, mit welchem er sie betrachtete.

Marecampus bemerkte dies und über sein ernstes Gesicht flog ein stolzes, frohes Lächeln. . .

Das Alles geschah viel schneller als es sich beschreiben läßt — denn diese ganze stumme Situation hatte kaum die Dauer einer Secunde. . .

Der Museendirector ließ plötzlich die Arme schlaff zur Seite niedersinken und verbeugte sich.

„Verzeihung, gnädiges Fräulein. Ungestüm und

seltsam erscheint Ihnen vielleicht mein Einbruch in diese stille, grüne Einsamkeit. Aber es giebt Augenblicke im Leben, wo die Seele so ganz erfüllt von einem hohen Gefühl ist, daß uns die gangbare Scheidemünze der Höflichkeit ausgeht."

Ein noch dunkleres Roth erglühte auf Linda's Wangen und voll tiefer Verlegenheit langte sie nach dem Buche.

„Ich las in dem Werkchen, das Sie mir neulich empfohlen," flüsterte sie, „und widerstreitende Gefühle wurden wach in meinem Herzen. Der Sprachblumen wunderbarer Duft, der Bilder Farbenpracht, Siegberts, des Helden kühnes, ritterliches Streben, das Höchste einsetzend, um das Höchste zu gewinnen: es zog mich an mit gewaltiger Macht, berauschte meine Sinne. Mir wurde wie damals, als ich zum ersten Male zu Köln am Rheine in dem alten Dome einem Hochamt beiwohnte. Der Posaunenschall, der vom Chor herunterklang, des Priesters und der Knaben Gesang, die Weihrauchwolken, die empor zur hohen Wölbung wallten, erfüllten mich mit geheimnißvollen Schauern, mit dunkeln Ahnungen, die schmerzlich-süß durch meine Seele zuckten. Alte Traumgestalten meiner Kindheit, Erinnerungen meines ersten Jugendunterrichts

wurden in mir wach. Meine Blicke schweiften durch
den Dom, dessen Säulen wie aus dem Mittelpunct
der Erde, kühn, wie mächtige steinerne Urwalds=
bäume emporzuwachsen schienen. Und der stolze, ge=
waltige Bau der römischen Kirche versinnbildlichte
sich mir in der mächtigen Steinbildung.

Eine Ahnung von jener Macht des Glaubens,
die Millionen Seelen an Petri Stuhl fesselt, kam
über mich, ich fühlte in diesem Moment den Zauber=
bann der Papst=Kirche.

Erst als ich wieder mit meinen Reisegefährten
auf der Schiffsbrücke stand und das Treiben des le=
bendigen Stromverkehrs, rheinaufwärts und rhein=
abwärts an mir vorüberzog, verlor sich dieser wun=
derbare Eindruck. . . Drei Tage später wohnte ich
mit meiner Cousine Mathilde und Vetter Albert
dem sonntäglichen Gottesdienst in einer kleinen pro=
testantischen Kirche des Schwarzwaldes bei. Welcher
Contrast zwischen diesem einfachen Gotteshaus, wo
weder die mächtige Wölbung des Baues, noch Po=
saunen=Töne und Chorgesang, weder Weihrauchwol=
ken, noch brennende Kerzen die Sinne berauschten —
mit dem Dome zu Köln und seinem Hochamt.

Und dann dieser einfache, schlichte Greis mit dem

einfachen schwarzen protestantischen Priestergewand
und ten spärlichen weißen Haaren, die um seine
Stirn fielen, mit den milden, klaren Zügen voll
Herzenseinfalt. . . . Und als dieser Greis die Hand
ausstreckte gegen die Gemeinde, arme Holzbauern
und Bäuerinnen, die Jahr aus, Jahr ein ein har=
tes, schweres Leben voller Arbeit und Mühseligkeiten
führen, und zu ihnen die Worte des Evangeliums
sprach:

„. . Ihr habt gehört, daß gesagt ist: Du
sollst deinen Nächsten lieben und deinen Feind
hassen. . . .

„Ich aber sage euch, liebet eure Feinde, segnet,
die euch fluchen, thut wohl denen, die euch hassen
und verfolgen," da ergriff eine tiefe, heilige Rüh=
rung meine Seele und der lichte Sonnenstrahl, ter
bei diesen Worten des Predigers durch die niedrizen
Bogenfenster des Kirchleins in das Schiff fiel,
brang mir so warm in's Herz, daß es mir däuchte
es sei der Welt=Heiland selber, aus dessen Munde
ich die Worte gehört, nicht ein armer schlichter Pfar=
rer eines schwarzwälbischen Dorfes. . ."

Mit leuchtenden Blicken, mit dem rosigen Hauch,
ben die Begeisterung auf die Wangen zaubert, stand

die Jungfrau vor dem Manne, der sie, ohne durch eine Miene oder Wort ihre Rede zu unterbrechen, angehört und dabei ein Blatt Papier aus seinem Taschenbuche gezogen, auf welches er mit flüchtigen Zügen eine Skizze hinwarf, die er, als Linda geendet, rasch in seiner Hand verbarg. . .

Anfänglich leise und schüchtern flüsternd, war ihre Rede immer freier, schwungvoller, gehobener geworden und am Ende sprach sie mit einer tief innerlichen Energie, die einen sichtlichen Eindruck auf den Museendirector hervorbrachte. . .

Aber das Schweigen brachte Linda zu sich selbst zurück. . .

Diesem sonst so stolzen und selbstbewußten Mädchen flog plötzlich ein Gedanke der Scham an; sie glaubte sich in ihrer Aufregung eine Blöße gegeben zu haben, die sie in den Augen dieses Mannes lächerlich erscheinen ließ und mit einem Male kam wieder jene Befangenheit und Verlegenheit, welche sie beim Beginn der Unterhaltung befallen, über sie. . .

Vielleicht hatte Marecampus nur auf diesen Moment geharrt, denn als er sie so mit zur Erde geschlagenen Blicken, mit gerötheten Wangen vor sich

hinblicken sah, begann er mit dem weichen klangvol=
len Tone, der seiner Sprache einen eigenthümlichen
Reiz verlieh:

„O, daß so schöne, hohe, jungfräuliche Kraft ihr
Pfund vergraben muß; nicht wuchern darf damit
zum Heil der Welt." Er hielt inne, fast wie er=
schrocken über seine Worte und sprach dann im ru=
higeren Tone weiter: „Sie verzeihen mir schon,
mein gnädiges Fräulein, wenn das Gefühl für das
Schöne und Erhabene zuweilen die enge Schranke
der herkömmlichen Form durchbricht. In dem Mo=
mente, wo Sie so vor mir standen und mit so be=
redten Worten den Eindruck jener Dichtung schilder=
ten, kam mir sofort ein Gemälde vor die Augen,
welches ich im Auftrage Seiner Majestät des Königs
kürzlich für die Gallerie angekauft. Es stellt Jo=
hanna, das Mädchen von Orleans dar, im Mo=
mente da sie vor den König hintritt und ihm in
prophetischer Rede ihre Sendung kündete. . .

Daß mir Gott nicht die Hand eines Raphael's
oder Corregio's verliehen. . .

So bin ich nur ein Stümper in der edlen Kunst
— da sehen Sie." Und er reichte ihr das Blatt
mit der flüchtig hingeworfenen Skizze. . .

Linda stieß einen leisen Ruf der Ueberraschung aus...

So flüchtig und leicht die Skizze auch gezeichnet, sie erkannte sich doch sogleich...

„Ah, das ist reizend...“

„Das Original... nicht die Copie...“ fiel rasch und mit einem galanten Lächeln der Museendirector ein.

Linda haßte nichts mehr als fade Galanterie, glatte Schmeichelei, wie sie die Stutzer und Gecken allerwegs den Frauen in's Ohr zischeln...

...Aber Marecampus schmeichelte selten und galante Redensarten fielen nur spärlich von seinen Lippen...

Fräulein von Olbers erröthete bis unter die Stirne bei des Museendirectors Worten und vielleicht zum ersten Male setzte sie eine Schmeichelei in Verwirrung...

Jener schien oder wollte es nicht bemerken.

Mit taktvoller Gewandtheit führte er das Gespräch wieder zu dem Ausgangspunkte zurück. Linda gewann dadurch Zeit ihre Befangenheit, die ihr end-

lich selbst lächerlich und kindisch vorkam, zu über=
winden und bald lauschte sie aufmerksam den Worten
des geistvollen Mannes.

Er sprach von der Macht des Glaubens, von
dem gewaltigen Einfluß, welchen die katholische Kirche
auf die gläubigen Seelen ihrer Bekenner ausübt.
Er beklagte schmerzlich und lebhaft die Kahlheit des
kirchlichen Cultus bei den Protestanten und die trok=
kene Verstandesrichtung, den nackten, ausgewässerten
Rationalismus, wie er ihn nannte, welcher inner=
halb der Kirche sich so weit ausbreite. Er führte sie
wieder in den Kölner Dom und in die Kirche im
Schwarzwald. Ob sie nicht bekennen müsse, daß
große, kühne Entschlüsse, muthige Thaten im heili=
gen Schatten eines alten Doms besser reiften, als
zwischen den vier kahlen, weißgestrichenen Wänden
unserer protestantischen Gotteshäuser. Im Kölner
Dome habe sie ein Schauer der Unendlichkeit ange=
weht, in der schwarzwälder Dorfkirche sei es die
bürgerliche Moral, die ihr mit dem Sonnenstrahl
in's Herz gedrungen, deshalb sei eine Reformation
der protestantischen Kirche, ein gewisses Zurückgehen
zu den alten liturgischen Formen der großen Mut=
terkirche, aus deren Schooß die protestantische ent=

sprungen, nöthig. Er kam dann auf die Ungläu=
bigkeit unserer Zeit zu sprechen, auf die frechen
Hände, welche an den Grundsäulen der göttlichen
und menschlichen Ordnung rüttelten. Er schalt in leb=
haften, Verachtung athmenden Worten auf die matten,
trägen Herzen, welche aus Furcht, Blasirtheit und
Sorge um das materielle Wohlbefinden unthätig die=
sem vandalischen Zerstörungswerke zuschauten... Dann
redete er in flammender Sprache von der Nothwen=
digkeit, daß alle die, welche sich berufen fühlten,
der Menschheit die heiligen Güter und Segnungen
des Glaubens zu erhalten, sich zusammenschaaren
müßten, daß sie mit kühnem Muthe, mit dem Muthe
der Märtyrer, als die neuen Propheten des alten
heiligen Glaubens vor die verwilderte Welt treten
und den Spöttern und Läugnern, die unter dem
Namen der Freiheit nur selbstische Zwecke persönlichen
Eigennutzes verfolgten, zurufen müßten: Die ihr
Zion mit Blut bauet und Jerusalem mit Unrecht,
eure Häupter richten um Geschenke, eure Priester
lehren um Lohn und eure Propheten wahrsagen um
Geld... Aber es wird ein Tag kommen, der bren=
nen soll wie ein Glutofen. Da werden alle Ver=
ächter und Gottlosen Stroh sein und der künftige

Tag wird sie anzünden und wird ihnen weder Wur-
zel noch Zweig lassen! .."

Marecampus Stimme hatte bei dieser biblischen
Apostrophe, mit welcher er endete, jenen prophetischen Ton angenommen, welcher durch den düsteren,
weissagenden Ernst seines Charakters die Herzen der
Menschen in ihren Tiefen faßt.

Er hatte sich erhoben und stand, die Rechte war-
nend empor gehoben, hoch aufgerichtet vor Linda,
mit seinem Auge weit hinaus in die Ferne schauend
bis hinüber zu den blauen Bergen, welche die Landschaft schlossen... Er stand da wie ein alter Seher,
der mit dem innern Auge seines Geistes weit
hinaus in die Zukunft seines Geschlechts blickt und
der in den Gebilden der Wolken die geheimnißvollen
Schriftzeichen sieht, welche ihm die zukünftigen Geschicke der Welt künden. . .

Linda war mächtig ergriffen. Sie fühlte sich wie
von einem Geisterhauch angeweht, ihr Fuß war
wie mit magischer Gewalt an die Stelle gefesselt,
auf der sie stand, es däuchte ihr, als hätte der
Mann, der vor ihr stand wie ein alter Prophet,
einen Zauberkreis um sie gezogen, den sie nicht überschreiten konnte. . .

Da lachte es hell auf hinter den Gebüschen. . .

Marecampus und Linda schreckten wie Träumende, die man urplötzlich weckt, jäh zusammen.

Herr von Olbers trat, die Zweige zurückbeugend, aus dem Gebüsch. . .

„Daß diese Fülle der Gesichte der trockne Schlei=cher stören muß". . . lächelte er, sich seinem unver=wüstlichen Zuge der Selbstironie überlassend, „aber verzeihen Sie, meine gnädigste Cousine und Sie, mein verehrtester Freund — mir ging es genau so, wie dem braven Wagner. . . Ich hörte Sie decla=miren und dachte auch etwas zu profitiren. . . Und wahrlich die Kunst kann ich brauchen," setzte er ernst=lich hinzu, „in sechs Wochen ist die Eröffnung der Kammern, vor welchen ich das neue Finanzgesetz vertheidigen soll. . . Ich habe heute definitiv die Ernennung zum Regierungscommissar erhalten. . ." —

Marecampus, der eine wunderbare Elasticität besaß, aus einer Stimmung in die andere überzu=gehen, nahm mit den Fingerspitzen aus der darge=botenen Tabatiere des Geheimeraths eine diploma=tische Prise und lächelte mit einer gewissen Gönner=miene:

„Sein Sie überzeugt, lieber Geheimerath, Sie

werden Freunde in der Kammer finden und auf meine Unterstützung können Sie unbedingt bauen..."

Herr von Olbers zog eine süß-saure Grimasse.

„Alle Dämonen sind los. Soeben habe ich er= fahren, daß gestern zwischen den beiden Fractionen der Linken ein Compromiß zu Stande gekommen ist und daß man als Ihren Gegenkandidaten im ersten Wahlbezirk den Redacteur der Tribune, Rechtsan= walt Hardungen aufgestellt hat."

Dieser Name übte eine fast aufregende Wirkung. Linda, die unmuthig und verstimmt durch das plötz= liche Erscheinen ihres Vetters, sich von dem Gespräch wie theilnahmlos abgewendet und in den „Pilger= fahrten" geblättert hatte, blickte auf und in demselben Momente begegnete ihr Auge dem des Museendirec= tors.

Sie bebte zurück...

Was war das?...

War das desselben Mannes Auge, der eben vor ihr mit prophetischer Geberde gestanden und die Schaale sittlichen Zornes über seiner Gegner Häup= ter ausgegossen?

Nein, nein, es mußte eine Täuschung sein... Das war ein Blick, wild funkelnd voll giftiger Wuth;

blutroth unterlaufen war das Weiß des Augapfels, ein stechender Dolch der Strahl der aus diesem Auge hervorbrach....

Eine seltsame, unerklärliche Beklemmung befiel Linda, sie bedeckte sich das Gesicht mit den Händen, um ihre Aufregung zu verbergen...

Hatte Marecampus die Wirkung seines Blickes bemerkt? Eine jähe Röthe färbte seine Stirn und sich zu dem Geheimerath wendend sprach er:

„Wenn es dem gnädigen Fräulein und Ihnen recht, so gehen wir in das Haus zurück. Ich fühle zuweilen, vielleicht von der Anstrengung nächtiger Arbeit, einen leichten Krampfanfall und die Luft wird kühl," und er deutete auf seine Brust. Die Männer gingen.

Gedankenvoll folgte ihnen Linda.

Ende des ersten Bandes.

———————

Druck von Friedrich Andrä in Leipzig.